福을 주는
복
차혜숙의 手氣畵
수 기 화

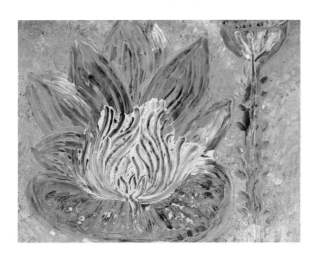

행운을 가져 보세요

재수와 마음 안정을 주는 手氣畵수기화

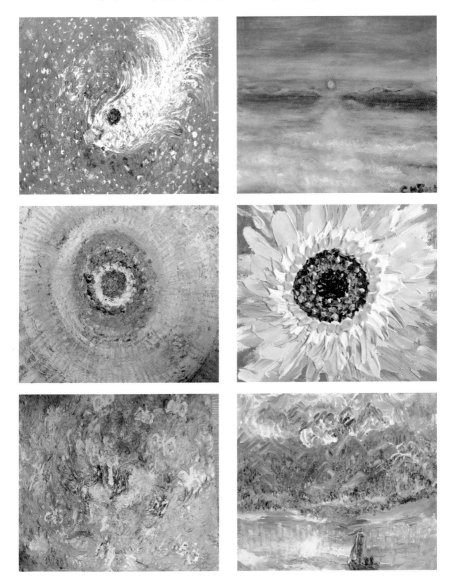

저자가 手氣로 그리는 모습

나비와 코끼리

차혜숙 수필집

한국예술인복지재단
KOREAN ARTISTS WELFARE FOUNDATION

이 책은 한국예술인복지재단에서 지원한 창작지원금으로 출판되었습니다.

머리말

    나는 샤먼이라는 날개를 달고 또 하나의 자아 속에서 방황했다.

    외롭고 고달픈 여정을 샤먼의 氣가

    수필로 그림을 통해 문학으로 승화하면서

    다시 한번 성찰하는 계기가 되었다.

    이 책을 출판할 수 있도록 창작지원금을 제공해준

    한국예술복지재단과 출판사 임직원 분들께 감사 드립니다.

2021年

차례

머리말_____7

1 뿌리 깊은 나무

뿌리 깊은 나무_____14

生_____18

길_____19

까마귀 울다_____22

태양꽃, 클리티에_____27

문_____34

무소유_____38

행복이란 무엇인가_____41

경계선_____43

꼴뚜기 꼴값_____46

태양 유감_____49

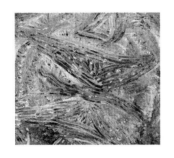

2 코로나19 바람 앞에

코로나19 바람 앞에 _____ 54

나비 사랑 _____ 57

인연 바라기 _____ 62

나비 상 _____ 66

봄 봄 봄나들이 _____ 70

소해 유감 _____ 74

업 _____ 78

착각 _____ 81

어느 죽음 앞에서 _____ 86

손[手] 그리고 열풍 _____ 90

活 그리고 生 _____ 93

시장 유감 _____ 99

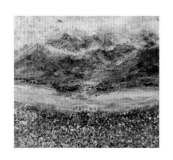

3 경복궁 연가

경복궁 연가 _____104

계단 _____111

인연 속의 사랑 _____115

황학골 연가 _____120

바람이 분다 _____126

나비와 코끼리 _____131

허상과 실체 _____135

터와 사람 _____138

바다에 서다 _____141

길상사 유감 _____146

꿈속에 전생이런가 _____150

4 반쪽의 사랑

반쪽의 사랑 ____156

배내똥 ____161

고향 ____164

고향 길 따라 ____168

자화상 ____173

첫눈 오는 날 ____177

명절 유감 ____183

비 유감 ____186

상처 ____192

용문산 ____195

추억 바라기 ____201

1
뿌리 깊은 나무

뿌리 깊은 나무

저 나무를 바라보라.

작은 풀씨 하나가 땅에 떨어져 아름드리나무가 되었다면 얼마나 많은 날을 인내하면서 만들어 낸 기적이겠는가.

뿌리는 땅속 깊이 내리고 버섯의 균사체가 자라듯이 번져나가 지하세계를 점령한다. 대지 위로 솟아난 새싹들은 어느새 잎을 틔우고 줄기를 뻗어 꽃을 피우고 열매 맺는다. 그래서 새가 지저귀고 벌과 나비가 날아드는 축제 속에 온갖 조화를 부리는가. 봄, 여름, 가을, 겨울 속에 찬란한 태양 속에 빙글빙글 돌듯이 피어난 꽃들이 만개하고 피고 지고 피고 진다. 수줍은 듯 고개 숙인 열매가 주렁주렁 풍요롭고, 낭만이라는 미명 아래 붉게 물든 잎이 바람에 날리고 앙상한 가지로 찬바람을 가른다. 그래서 이듬해 다시 태어나는 뿌리 깊은 나무는 조물주가 인간에게 선물한 최고의 작품일진대 언제부터인가 만물의 영장이라고 자칭 일컫는 사람들에 의해 무너져 내리는가.

현대화 물결에 의해 편리한 생활을 영위하고자 하는 사람들에 의해 숲은 파괴되고 있잖은가. 뿌리 깊은 나무들은 잘려나가고 원초적 생명력도 퇴색되어버린 지 오래다.

사람과 사람 사이에서 문명의 이기 속에 이쪽에서 저쪽으로 옮겨간 자리. 옮겨 놓은 그 자리 그곳에서 매연가스가, 온갖 공해가 쏟아져 나오는 그곳에서 생명을 연장하고자 몸부림치는 걸까.

온몸에 붕대를 칭칭 동여맨 채로 몸살을 앓고 있는 나목들. 나는 그 나무 사이로 걸어가고 있다. 사람들도 걸어가고 있다. 자동차도 씽씽 달려가고 밤이면 별똥별 대신 반딧불 대신 휘황찬란한 인조등이 번쩍이는 거리를 무심히 지나쳐가고 있다. 먼지를 흠뻑 뒤집어쓴 채로 침묵하고 있는 뿌리 깊은 나무는 아마도 그 자리에서 뿌리를 내리고자 용틀임을 할 것이다.

내가 그렇게 지나가는 자리. 그 자리에서 아득한 옛날에 달구지가 지나갔고 삶의 질곡에 허덕이는 내 어머니가 지나갔을 것이다. 봇짐 지고 가는 이들이 잠시 나무 밑에 머물러 시름을 달랬을 것이고 파발마가 허둥지둥 달려갔을 것이고 말발굽 소리 울리며 지나갔을 것이다. 과거 보러 오는 선비들도 길을 가는 나그네도 쉬어 갔을 것이고 전쟁터로 나간 전우들이 생사의 갈림길에서 허덕이면서 나무 그늘에 잠시 몸을 뉘었다가도 갔으리라. 푸성귀를 파는 아낙들이 갓난아기에게 젖을 물리기도 했으리라.

내 선조들이, 할아버지 할머니들이, 아버지들이 그렇게 역사의 물결 속에 시간 속에 흘러갔지만 뿌리 깊은 나무는 늘 푸르렀으리라. 누군가가 밑동을 잘라내고 가지를 쳐도 마구 흔들어대고 술주정뱅이가 쏟아내는 구정물 속에서도 내일은 태양이 솟구침에 또다시 피어나고 살아있음을 만끽하는 것인지.

그곳을 지나가는 이들이 오늘의 내가 내일의 내가 아닐지라도 뿌리 깊은 나무는 천지가 창조된 이래 지구 속에 공존하는 무한한 생명력이다. 늘상 침묵하면서 하늘과 땅에 기운에 자신을 불사르고 부응하는 소명감 베어내고 베어내도 또다시 돋아나는 뿌리 깊은 나무.

그래서 부처는 보리수나무 밑에서 깨달음을 얻은 것이 아닐까.

生

해 오르면 시간과 공간 속에 오장육부 춤추고 시

시각각 보고 듣고 걷고 뛰고 먹고 마시고 똥 누고 달빛 아래 사

랑하면 하루가 가고 또 하루가 온다.

길

길은 사랑이다.

천지가 생겨나고 길도 생겨났다. 길을 통해 생명의 문이 열렸다. 모체의 통로를 지나 세상 밖으로 눈을 떴다. 두 손과 두 발로 땅을 짚으며 엉금엉금 기어가던 길. 그 길을 두 발로 딛고 일어서 천천히 아주 천천히 걸어간다. 이내 뜀박질을 한다. 땅의 냄새에 도취되어 만져보며 감촉을 익히고 지구상에 존재하는 생명체를 익혀간다.

물과 바람과 나무와 숲을 지나 하늘 위를 나는 새를 따라 구름과 태양과 밤이면 창가로 스며드는 달빛과 마주한다. 나와 같은 생물체에 이끌려 속삭임을 배우고 포옹하고 뜨겁게 사랑을 나누며 달콤한 상상의 길을 떠난다. 부모의 품속을 벗어나 미지의 세계를 향해 구축해 가는 길이다.

인생항로에서 바다와 하늘과 통한 길을 수없이 드나들면서 창이로움을 개척한다. 집단의식으로 가는 길, 함께 살아가는 길, 공동체 의식을 깨워주는 그 길로 걸어간다. 힘차게 설계하고 개성이 다른 관문으로 향한다. 삶이라는 타이틀 아래 반듯하게 서서 평탄하고 널찍한 곳으로 들어가는 길. 저마다 갈망하는 마음이 통하는 길. 그 길은 바늘구멍만큼 좁은 문, 그곳에 도달하고자 안간힘을 쓰다가 선택되는 곳.

가는 이가 있으면 오는 이도 있고 때로는 주저앉고 힘겨워 눈물 흘리며 그래도 간다. 희로애락 속에 생명을 연장하면서 가는 길이다. 가파른 언덕길을 오르다가 내리막길로 접어들고 뱃속에 잉태된 생명들이 꿈틀거리며 자라나고 또다시 복제인간인 양 태어난다. DNA가 같은 나와는 사뭇 달라도 같은 길을 향해 가게 된다. 좁은 길이 트이고 험난하면 고쳐가면서 발전하고 성장을 거듭한다. 지구가 존재하는 한 영원불멸하다.

그 길을 따라 아이가 걷고 바둑이가 따라 나선다. 소년과 소

녀가 뛰어가고 젊은이가 힘차게 걷고 주부가 분주하게 걸어
간다. 노부부가 손잡고 걷다가 쉬어가는 길에 생로병사가 함
께한다. 그 길은 잉태되고 사랑하고 믿음 속에 삶의 질곡에서
발버둥 치며 앞을 향해 나가갈 수밖에 없는 인생길. 바로 그
길이다.

까마귀 울다

민속학에 의한 신화에서는 까마귀가 하늘 사자의 신으로 상징되어 있다.

강님이 저승으로 가니 염라대왕께서 여자는 70세, 남자는 80세로 수명을 적은 적폐지를 주면서 이승에 알리라는 심부름을 시켰다.

강님이 이승으로 향하다가 까마귀를 만나 대신 전할 것을 부탁하니 까마귀가 날개 속에 적폐지를 넣고 내려오던 중 어느 마을에서 말을 잡는 광경을 목격했다. 까마귀는 잠시 말의 피나 얻어먹고 가야지 하는 생각으로 날갯짓을 하다가 그만 적폐지를 떨어뜨리고 그것을 뱀이 꿀꺽 삼켜 버렸다나.

까마귀는 옆에 있던 솔개를 의심하고 싸우는 바람에 그때부터 지금까지 솔개와 까마귀는 원수가 되었다고 한다.

적폐지를 잃은 까마귀는 생각나는 대로 마구 외쳐 대는 바람에 염라대왕이 정한 수명은 뒤죽박죽이 되어 남녀노소가 조상과 자손이 함께 죽는 죽음의 규율이 깨져버리고 말았다. 그래서 죽음에는 서열이 없나 보다.

적폐지를 삼킨 뱀은 아홉 번 죽고 열 번 산다는 말도 생겨났다.

까마귀는 죽음을 알리는 지혜의 새로서 100보 안에서 울면 크게 흉한 일을 당한다고 하고 전염병이 돌 때 울면 널리 퍼져 나간다고들 한다는데 하필 까마귀가 날아와 가로수 위에서 하늘에 대고 까옥까옥하는 걸까. 그것도 내가 머무는 사무실 창밖. 가로수 위가 아니던가.

사무실 문을 열고 가로수 있는 곳까진 어림잡아 100보 정도이니 이거야말로 불길하지 않을 수가 없다. 어인 일인지 경자년 새해부터 까마귀가 까옥거리니 내가 보는 잣대로는 우는 것인데 까마귀는 아마도 살아있음이 경이로워 울음으로 표출하는지도 모른다.

하지만 그렇게 소리치길 스무 날쯤 되었는데 바로, 그 자리에서 동네 이웃이 교통사고로 인사불성이 되었다고 한다. 교통계에서 내건 현수막에는 '새벽 길 뺑소니 차량을 본 이에게 현상금을 드립니다.'라고 쓰여 있었다.

그 일이 있은 지 이틀 후에 코로나19라는 신종 바이러스가 퍼져 나갔고 우리나라는 물론이요, 전 세계가 생과 사의 갈림길에서 생사를 가늠하고 있지 않은가. 코로나19는 육안으로 구별할 수도 없거니와 감기 몸살처럼 살며시 다가와 병마에 휩싸이게 하는 무서운 침투로 전쟁 아닌 전쟁이 되어 버렸다. 말로는 형용할 수 없는 사람과의 접촉으로 옮긴다니 기가 막힐 수밖에.

언젠가는 사람과 소통할 수 없음에 서로의 마음이 단절됨을 안타까이 여겼었는데 불과 며칠 사이에 갑자기 거센 바람으로 태풍으로 휩쓸어 가다니. 이젠 소통이 아니라 서로가 바라보고 대화해도 안 되고 적당한 거리 유지하기 바쁘고 침이 튈세라 온통 입을 KF94 마스크를 쓰고 다닐 수밖에 없는 안타까운

ㄹ현실 속에서 자가 격리의 고통을 겪고 있다.

　누군가 옆에만 다가와도 화들짝 놀라며 저만큼 떨어져 갈 수밖에 없는 시점에서 사람이 무섭기까지 하니 이 공포스러운 상황은 까마귀가 예지해준 때문인가. 까마귀가 죽음을 알리고 시체를 먹는다고 해서 불길하게 여겼지만 새는 내게 미리 예언을 한 것인데 만물의 영장이라고 일컫는 사람이야말로 부끄러움의 소치이다.

　새는 하늘을 날며 자연에 순응함에 초감각을 영위하고 있음에 사람보다 먼저 알고 있나 보다. 어떻게 지구가 혼탁해지며 사람이 쌓아 놓았다는 공덕이 무너지는 것인가를 말이다.

　지금껏 잘살고 발전 속에 승승장구하며 지구상에서 가장 우월하다고 자부심 갖고 살아온 날들이 이렇게 작은 코로나 19 바이러스 때문에 무너질 줄이야. 제명을 다하지 못하고 죽음의 공포 속에 허덕이며 상대가 죽어도 격리된 채로 장례식도 참석할 수 없는 어느 부부의 슬픔이 어찌 그들만의 것이겠는가.

　부富라는 이름으로 하늘 높은 줄 모르고 쌓았던 상아탑도 쉽게 허물어질 수 있음은 물질만능 속에 마음을 잃어서인지도 모른다.

까마귀는 불길함의 징조만은 아니리라. 충효, 지조의 상징으로 늙은 어미 새를 끝까지 먹이를 물어다주는 효조로도 불린다고 한다.

태초의 어둠이나 연금술사로도 여기는 까마귀는 그리스 신화에서는 아폴로 신의 전신으로 태양을 상징했다. 고려의 상감청자나 고구려 벽화에서 태양을 상징하는 원 안에 다리가 세 개인 까마귀를 새겨 넣었던 것을 볼 때 태양의 본질인 남성적 상징을 3으로 해석하기 때문이라고 한다.

쌍용총, 무용총, 천왕지신총에도 다리 3개인 삼족오 까마귀가 있는 것은 아마도 까마귀가 날아와 태양이 강렬하게 비추어 코로나19 바이러스를 물리쳐 주기 위함에서 가로수 위에 앉아 까옥까옥 우는 것이 아닐까.

태양꽃, 클리티에

　　　　장승처럼 *꼿꼿하게* 서서 담장 위로 피어난 꽃, 하늘을 향해 해를 따라 고개를 돌린다는 해바라기 꽃말은 이룰 수 없는 사랑이요, 짝사랑이다.

　어린 시절 가을이 되면 담장에 쭉 피어 있는 해바라기를 아버지가 가을걷이하신다. 사다리를 타고 올라 꽃대를 꺾으면 씨방에 가득한 씨앗이 쏟아져 내린다. 그렇게 꺾은 꽃들을 돗자리 위에 넣어 말린 후에 씨방을 툭 털어내면 씨앗들이 우수수 떨어지는 것이 마치 벌집에서 벌이 날아오르는 것 같다고나 할까.

　회색 바탕에 흰 줄무늬가 있는 씨앗 한 알을 입으로 가져가

앞니로 깨물면 와자작 소리와 함께 연두색 알갱이가 입속으로 쏘옥 참으로 고소했다. 씨앗 한 움큼 주머니 속에 묻어 두고 한 알씩 꺼내어 까 먹는 즐거움이 이젠 추억으로 가슴 깊이 남아 있을 뿐인데. 웬걸! 해바라기가 행운과 돈을 가져다준다면서 너도나도 꽃 그림을 장식으로 걸어 둔다고 하니 신기하기만 하다.

그리스 신화에 의하면 태양신인 헬리오스는 직관력이 절대적이었다. 세상의 이치를 훤히 알 수 있는 그는 모든 것이 보일 수밖에 없었다. 아레스와 아프로디테의 정사를 헤파이스토스에게 일러바친 것도, 테메테르에게 그녀의 딸을 납치한 포세이돈을 일러바친 것도 그였다.

화가 난 아프로디테는 헬리오스에게 주술을 걸어 사랑하는 클리티에의 동생인 레우코테아에게 반하게 만들었다. 헬리오스가 레우코테아를 사랑하게 되었고, 그 사실을 안 클리티에는 아버지인 바빌론 왕에게 고자질해서 결국 동생을 죽게 만들었다.

헬리오스는 레우코테아를 향나무로 변신시켜 보관을 했고,

클리티에는 그의 마음이 자신에게서 완전히 떠난 것을 알았다. 그녀는 황량한 들판에 벌거벗은 채로 누워 9일 동안 이슬과 눈물로 목을 축이며 아무것도 먹지 않고 쓸쓸히 죽어가고 있었다. 마침내 그녀의 몸은 땅에 뿌리를 내리고, 혈색은 빠져버리고 사지는 광채 없는 나무줄기로 솜털은 가시처럼 말라 버렸다.

머리는 아름다운 꽃으로 변해 헬리오스를 따라 고개를 돌리게 되었다. 오로지 변심한 임을 향해 불꽃같은 사랑을 한 영혼의 꽃이 해바라기이고 보면 그 집착력과 강렬한 사랑은 태양의 마음마저 녹아내린 것일까.

음양의 조화로 그토록 풍성한 씨방을 갖게 된 것은 신비로울 뿐이다. 샛노란 꽃잎은 아마도 레우코테아와 헬리오스의 사랑을 질투한 상징인지도 모른다. 죽음도 불사하고 스스로 불타오른 태양신에 대한 절대적 사랑이 끝없는 갈구함에 행운과 복록을 준다는 믿음마저 생겨났나 보다.

코로나19라는 전염병이 휩쓸고 있는 시점에서 태양꽃인 해바라기가 한 아름씩 피어 있는 그림만 바라보아도 마음이 밝아지는 것은 바로 어둠을 밝혀 주는 태양의 강렬함 때문이리라. 절대적 불변의 우주 질서인 태양을 향해 불타오르다 죽은 여신의 넋인 해바라기이기에 태양을 대신하는 마음에서이리라.

사람이 만물의 영장이라고 하지만 어찌 태양을 따를 수 있겠는가. 그런 의미에서 볼 때 일편단심인 해바라기는 태양을 통해 경지에 도달한, 해탈을 한 꽃이기에 행운이라 여겨지는 것이 아닐까.

● 해바라기 I

열정적인 사랑이던가.

해바라기를 그리는 화가를 사랑한 시인, 그는 세상에 어떤 것도 그녀를 대신할 수 없다는 절대적 사랑에 목말라 있었다. 하지만 정혼자가 이미 정해진 그였기에 결코 건널 수 없는 강이었다. 그런 그에게 이별을 고하고 떠난 화가, 시인은 자신만의 집착에 의한 고뇌로 탄식했다. 그러고 보니 괜한 짝사랑이었나, 한탄한 그는 어쩌면 해바라기의 꽃말처럼 주술에 걸렸었나 보다.

태양신 헬리오스의 변심에도 불구하고 죽음으로 끝없는 사랑을 표출한 클리티에는 이룰 수 없는 사랑을 일편단심이라는 짝사랑으로 갈구한 영혼이 해탈해서 피어난 꽃, 그래서 시인 역시 화가에 대한 불꽃같은 사랑을 해바라기라는 글로 나타냈나 보다.

태양 바라기 한다지만 지척이 천리라고 구만리보다 먼 하늘을 향해 태양 아래 움직이는 대로 따라 돌다가 그만 지쳐 버렸는지 어쩌면 불꽃이 질투의 화신으로 변해 노란 꽃잎을 피웠는지도 모른다.

그래도 태양에 대한 절대적 사랑인 해바라기이기에 바라만 보아도 태양 같고 원동력이 생기는 것은 이미 태양신인 헬리오스가 클리티에의 사랑에 감복하고 흡수했음에 씨방에 씨앗들이 보석처럼 박혀 있는 것이리라.

음양의 조화가 아니고 무엇이랴. 그래서 사람들은 행운의 꽃이라고 선호하나 보다.

언젠가 나도 해바라기 청혼을 받은 적이 있다. 고교 졸업식 날 평택에 사는 대학생 오빠가 자신은 7대 독자라서 빨리 장가를 가야 한다면서 내게 꽃 한 송이를 건네주었다. 신문지에 돌돌 만 꽃 한 송이가 바로 해바라기였는데, 그 꽃을 받는 순간 오빠의 얼굴이 클로즈업되면서 여드름 꽃이 만개한 것이 영락없는 해바라기 씨앗으로 보였다. 나는 그 길로 줄행랑을 쳤고 그와 인연은 얼마 안 가 끝이 나고 말았다.

지금 생각해 보면 그때 내 나이가 어린 탓도 있지만, 하필 여드름과 해바라기 씨가 겹쳤다는 것이 너무나도 우습기까지 했다. 하지만 일편단심 잊을 수 없는 사랑이라는 꽃말을 알고 내게 안겨준 것이라면 좀 더 신중할 것을. 그 오빠의 마음이 얼마나 상처 입었을까 하는 노파심마저 인다.

태양은 인간이 감히 도전할 수 없기에 동경과 신비로움을 일깨운다. 근접할 수 없는 것에 대한 호기심과 갈망하고 갈구하면서 희망적 삶을 추구하는 것이 꿈이요, 욕망이기도 함에 어둠을 환히 밝히는 광명과 무궁무진한 절대적인 빛, 그 빛을 따라 피어나면서 생성하는 꽃, 해바라기는 어둡고 암울한 이

시점에서 분명 행운과 복록을 가져다줄 것이다.

시인이나 해바라기를 그리는 화가나 그 꽃을 들고 청혼하는 사람들이나 지난날의 추억을 그리워하며 소망을 기원하는 것이리라.

태양을 향해 온몸을 불사르다 죽어 간 여신의 영혼이 사랑으로 해탈해 그처럼 화사한 꽃으로 피어난 것인지도 모르잖은가.

* 그리스 신화는 〈韓國文化 상징〉 사전에서 발췌했음.

문門

하늘과 땅이 갈라지면서 천지 창조의 문이 열렸다. 문이 열리면서 그곳에 존재하는 생명체는 모체의 자궁 문을 열고 세상 밖으로 나왔다. 이제, 때가 되었음을 의미한 것이다. 종족 보존과 생존의 자유, 그리고 보호막을 위해 생겨난 문.

'문을 열어젖힌다'라는 것은 마음으로 환대하니 상대에게 들어오라는 의미이다. 문을 쾅 하고 닫는 것은 어떤 결단력을 나타내며 단절과 경계를 한다는 것이다.

문은 자존심이요, 긍지요, 자부심임에 열쇠와도 같다. 요새 같은 것이기에 서로간의 통로이면서 왕래하고 때론 조약 같은 것이기에 전쟁을 할 시엔 승리해서 돌아온 황제나 장군을 기리는 개선문을 세우기도 한다. 자주 독립을 위해 세운 독립문도 있다.

병자호란 때 청군과 싸운 호랑이라고 일컫는 충민공의 임경업 장군, 군수비각 모시는 충렬사 정문은 그 용맹함을 떨친다고나 할까. 송지겸의 효자문이 있고 성현의 혼령 능묘시원 향교 등을 모시는 홍살문이 있어 후세의 자손으로 하여금 조상의 얼을 새기고 충효를 본받고자 하는 교훈을 주기도 한다.

문은 그만큼 중요함에 삼국유사에 의하면 대문에 처용의 괴이한 형상을 붙여 외부인으로 하여금 경계하고 잡귀를 쫓았다고 한다. 입춘이 오면 '입춘대길, 개문만복대'를 써서 대문에 붙여 복을 염원하기도 했다.

나 어릴 적에도 대문에 무서운 형상의 얼굴을 그려 붙였는데 그 모습이 바로 처용의 얼굴임을 이제야 알게 되었다니. 때론 '개조심!'이라고 썼다.

어머니가 동생을 낳았을 때도 외할머니께서 대문에 새끼줄 사이에 빨간 고추와 숯을 꿰어 매달았다. 아기를 낳았으니 아무나 들어오면 부정 탄다는 주술적 의미이고 다른 한편으론 탄생의 기쁨을 알리는 징표이기도 했다.

문은 빗장을 걸고 열고 또 잠그면서 힘을 상징하고 권력을 나타냄에 인재를 배출하고 양성해 사회의 일원으로 화합하고자 하는 것을 등용문이라고 한다. 세상이라는 커다란 문을 통해 세계로의 여행과 미지를 향한 호기심으로 일상을 탈피하고자 끊임없이 문 속과 겉을 드나들면서 삶을 영위하고 죽는 날까지 반복하는 문.

문 안의 세상은 평화와 돈독함이 있고 안락하고 안정감이 있고 신비한 유혹마저 있어 신랑신부가 초야를 치르는 밤이면 밖에 있는 축하객이 침을 바른 손가락으로 문 창호지를 뚫고 들여다보는 짓궂음도 있었다.

문에는 부잣집의 솟을대문, 열루대문, 하층 사립문, 겨릅문, 간이문, 평서문의 종류가 있고 사찰의 일주문도 있다. 금강문, 천왕문, 해탈문, 중문 등이 있어 신장을 모신 불국토로 들어가는 문을 상징함에 정신적으로도 중추적 역할을 한다고 할 수 있다.

법정 스님의 불이문은 결국 온 세상의 문은 하나라고 일깨워 주는 것이리라.

불교적 의미에서 볼 때 백팔계단으로 오르는 길이 번뇌, 고뇌와 희로애락으로 쌓아 올린 계단으로서 인과의 법칙 속에 원인과 결과를 낳게 되고 힘들여 수양하면서 쌓아올리면 문에 도달함을 일깨워 주는 것이다.

결국, 문은 내면의 세계를 향해 가는 것이요, 지상에서 하늘로 가는 문이기에 경지에 도달함이요, 꿈를 닦아 승천하게 되는 죽어서 해탈의 문으로 향함을 지향하는 것이 아닐는지. 그런 의미에서 본다면 문 안이 천국이요, 문 밖이 저승이라고 여겨지지만 문 안과 밖이 모두 천국이요, 저승일 수가 있는 것이 우리네 인생사가 아닐까.

요즘처럼 코로나19로 인해 밖으로 나와 확진자가 되어 안으로 빗장을 걸고 들어가 자가 격리를 하고 나올 수도 없는 세상에서 언제 어느 때 빗장을 걸고 풀어야 하는지. 참으로 난감하기만 하다.

꽁꽁 얼어붙은 세상 언제나 활짝 펼칠 수 있으려나.

무소유

북한산 기슭에 위치한 토담집. 오솔길을 따라 걷다 보면 실개천이 나온다. 그 위로 자그마한 출렁다리가 놓여 있고 다리를 건너 언덕을 오르면 토담집이 나온다. 그곳에는 대금을 하는 김 선생이 살고 있다.

10여 년간 토담집에서 생활했다는 그이지만 변변한 가재도구 하나 없다. 다듬잇돌이 찻상이요, 방 한편에는 오동나무 고리짝 하나에 장고와 큰북, 대금 서너 자루가 고작이다.

언젠가는 그를 위해 친구들이 냉장고에 세탁기며 전자제품을 마련해 주었더니 몽땅 내다 버렸다는 것이다. 선풍기 한 대 없는 방 안에서 모기라도 다가올 양이면 부채 바람으로 날려 버리던 김 선생.

그가 언제부터인가 변화의 바람이 불었는지 몽땅 내다 버렸던 전자제품들을 하나둘씩 장만하기 시작했다. 아마도 문명의 혜택을 싫어할 이는 없나 보다.

남쪽에 머물고 있던 스님이 몹쓸 병에 걸려 며칠을 넘기기 어려웠다. 그는 상좌에게 산삼을 먹으면 벌떡 일어날 것 같다면서 산삼을 구해 오라고 했다고 한다. "아직도 할 일이 남았는데…."를 연발하면서 말이다.

스님 자신만이 할 수 있는 일이라고 생각했기에 부디 쾌차해야 한다면서 간절했는데 산삼을 먹은 지 한 달도 채 못 되어 이승을 하직하고 말았으니 죽음 앞에는 장사가 없는 것일까.

나는 공부방 한 칸을 장만했다. 방 한편에 책상 하나만 놓아두고 그곳에서 열심히 창작에 열을 올리리라, 하고 생각했다.

그러나 웬걸! 시간이 흐를수록 찻잔에, 꽃병에, 책장에, 옷걸이 등등 날마다 하나둘씩 구입해 놓은 물건들로 가득 차는 바람에 정작 내가 앉을 자리만 남아 있는 상태가 되어 버렸다. 처음에 의도했던 것과는 달리 포화상태가 되어 답답하기 이를 데가 없다.

결국 버리려고 하면 할수록 달라붙는 삶의 무게 같은 것. 맨주먹으로 태어나 맨주먹으로 가는 공수래공수거이고 보면 점차 문명에 물들어 가는 김 선생이나 토굴에서 수십 년 도를 닦고도 마지막 가는 길에 도를 깬 스님이나 끊임없이 사들이는 나나 무엇이 다르겠는가. 그런 의미에서 본다면 어디까지가 소유 속에 무소유인지 알 수가 없는 걸까.

결국 무소유는 현대를 살아가는 데 있어서 필요한 것만 취하고 베풀 수 있는 자비를 행할 때 소유 속의 무가 아닐는지.

행복이란 무엇인가

　　새의 깃털 같은 것. 바람에 실려 왔다가 바람 따라 날아가는 것. 솜사탕 같은 것. 사막에서 오아시스를 만났는가 싶었는데 신기루 같은 것. 꿈속을 헤매는 몽환적인 것. 연인과 나란히 벤치에 앉아 그림 같은 집을 짓는 상상을 하는 것. 가난한 연인이 허기진 몸뚱어리로 데이트를 하다가 길에서 만난 붕어빵 장수 같은 것. 추운 겨울날 군불 지피고 돌아올 가족들을 기다리는 어머니의 사랑 같은 것. 절교한 친구한테서 연락이 온 것. 험난한 등산길에 올라 잠시 바위에 걸터앉아 차가운 물 한 모금 마시는 것. 병마에 시달리던 자식이 완쾌되어 뛰노는 것. 소풍 나들이에서 잃어버린 아들을 찾는 것. 수술실에서 생사를 가늠하다가 깨어나는 것. 어릴 적 언니 옷 물려 입다 가 명절 때 새 옷 갈아입는 것. 더러운 이불 빨래 깨끗이 빨아 빨랫대에 처억 걸쳐 뽀송하니 건조시키는 것. 세끼 밥 먹고 편 안히 잠들 수 있는 보금자리 같은 것. 로또에 당첨되는 것. 공 원을 거닐다가 네 잎 클로버 발견하는 것. 옛 추억 그리면서 그 길을 걸어보는 것. 비 오는 날 한가로이 찻집에 앉아 따끈한 커 피 한 잔 마시는 것. 매순간을 감사하는 것. 돌담을 뚫고 활짝 피어난 꽃을 발견하는 것.

이 모든 것이 행복인가, 라고 원고지에 써 내려가는 것과 이 순간 행복이 무엇일까에 대해 의문을 갖는 것이다.

경계선

     원통을 반으로 잘랐다. 외관상으로는 둥근 원의 모양을 하고 있지만 지름은 수직이다. 일직선상의 수직. 가로나 세로 역시 똑같은 하나로 시작되는데 그것을 이리저리 연결해 씨줄 날줄처럼 생겨내는가 하면 굴곡을 만들기도 하고 높낮이를 다르게도 한다.

    1(일) 하나에서 시작된 만남.

    이거야말로 온 세상에 존재하는 모든 생물체와 깊은 연관이 있잖은가. 직선상의 하나가 조화를 부린 덕에 건축물이 형성되고 생필품들이 쏟아져 나오게 되었다. 하나가 이루어져 모여서 온 인류의 문명을 발달시키고 세계화를 만들게 된 것은 신의 축복이 아닐 수가 없다.

지구상에 존재하는 생명체중 만물의 영장이라고 일컫는 사람이 발명해 낸 최첨단 시대에서 끝없이 욕망의 전차를 타고 있다. 손끝에 만져지는 감촉, 보드라운 흙냄새, 맨발로 뛰어 놀던 그때 그 시절의 동심 어린 마음은 어느새 사라진 지 오래다.

이기심 속에서 하루에도 수십 번 선과 악을 저울질하는 일상. 마음을 정화시키기엔 콘크리트 벽이 너무나도 단단하다. 나날이 빌딩은 솟구치고 산천은 메말라 가고 있다.

나 하나의 존재 속에 또 다른 생명체에 대한 의식이 결여되어 가는 시점, 길바닥에 나뒹구는 상대에 대한 배려조차 없는 이 시대에서 자연과 어우러져 삶을 지탱하려 하는 나는 정체성을 잃어가고 있다. 아마도 조물주가 깨달음을 주시려고 하는 것인지.

온 세계가 재해로 몸살을 앓고 있지 않은가. 홍수가 범람하고 맑은 영혼들이 순식간에 바닷속으로 사라져 가는가 하면 거센 풍랑에 찢기어 나가길 반복하고 있잖은가.

자연은 평화로운데 그 속에 머물고 있는 사람들의 이기심이 전쟁을 불러일으키고 서로가 할퀴고 상처를 내는, 그래서 방황하는 이들에게 일침을 가하는가 보다.

내가 너희에게 이 땅을 부여할 때는 자연과 함께 더불어 살아가는 지혜를 터득하라 했거늘 하늘 높은 줄 모르고 이제 상투까지 흔들려고 하느냐고 호통을 치는 것이 아닐까.

그렇다. 조물주의 호통처럼 나는 망각의 강에서 허우적대고 있었다. 이 땅의 주인이 나라고 말이다. 온 세상이 사람들이 만들어 놓은 착각 속에 살고 있는 것 같다.

나야말로 조물주가 만들어 놓은 대자연 속에 잠시 머물렀다가 사라지는 나그네요, 세입자인 것을. 내가 있는 자리, 그곳에서 부족의 소치를 깨닫기 위해선 본분을 알아야 하는 것이고 보면 문학을 하기 전에 인간이 되고자 노력하는 것이 최우선이리라.

그러기 위해선 내게 스쳐가는 바람소리조차도 소홀해선 아니 될 터인데. 조물주가 나를 향해 그어 놓은 경계선은 어디에서부터 어디까지이며 어찌해야 그 경계선을 침범하지 않을까.

꼴뚜기 꼴값

바닷속은 가을 축제로 열광했다.

오징어마을에서는 춤 경연대회가 열리고 있었고 그곳에는 내빈으로 문어, 넙치, 노래미, 장어와 복어 등 모든 물고기들이 모여들었다. 사회는 은빛 갈치가 보았다.

지난해에 결승까지 올라가 꼴뚜기 때문에 탈락한 오징어들이 이번에는 꼭 우승해야겠다는 각오로 회의를 열었다.

어물전 망신은 꼴뚜기가 시킨다고 오징어들이 아름답게 춤사위를 펼칠 때 꼴뚜기가 팔딱거리면서 춤을 추는 바람에 옆에 있던 오징어가 그만 먹물을 뿜어냈다. 그 때문에 무대가 암흑천지가 되었던 것을 생각하니 이번에는 무슨 수를 써서라도 꼴뚜기를 팀에서 빼기로 의논했다.

하지만 눈치가 빠른 꼴뚜기가 알아차리고 오징어 곁에 찰싹 달라붙어서 떨어질 줄을 몰랐다. 옆에 있던 넙치가 검은 등을 뒤집어 하얀 배를 내밀고 꼴뚜기를 오징어 곁에서 떼어내려고 으름장을 놓았다. 하지만 꼴뚜기가 요리조리 잘도 빠져나가는 통에 화가 치민 넙치가 흘겨보다가 그만 사시가 되고 말았다.

그 광경을 지켜보던 복어가 꼴뚜기 주제에 꼴값을 하네, 하면서 독가시가 빽빽한 배를 부풀리면서 다가오더니 어찌나 힘을 주었던지 두 눈이 퉁방울마냥 튀어나오면서 입으로는 '어푸!'를 연발한다.

꼴뚜기는 그런 복어 곁을 유유히 빠져나가면서 생각했다. '내가 비록 몸집은 작아도 오징엇과이고 할 수 있는 용기가 백배인데 나를 바라보는 시각이 왜 이리 부정적일까. 어떤 무리에도 속하지 못하는 외톨이라서인지. 그렇다면 이번에야말로 최선을 다해 춤을 추리라.'라고 마음을 다졌다.

바로 그때, 사회자를 향해 "내가 꼴뚜기와 춤을 추겠소!" 하는 소리와 함께 대왕오징어가 나타났다. 대왕오징어는 몇 해 전에 동지들과 함께 먼바다로 여행을 떠났다가 그만 사람들이

쳐놓은 어망에 동지들을 잃고 인생의 무상함을 자책하면서 작은 섬 바다에서 칩거했다. 대왕오징어는 풍문으로 꼴뚜기 소식을 듣고 있었기에 꼴뚜기에게 희망을 주기 위해 함께 무대 위에 오르기로 결심했다.

무대에 함께 오른 대왕오징어가 먹물을 뿌리면서 몸통을 트니 금세 커다란 원이 생겨났다. 그 원 안으로 꼴뚜기가 들락날락하면서 먹물을 조금씩 토해냈다. 원 안에서 먹물은 이내 작은 꽃봉오리가 되고, 꽃이 활짝 피더니 꽃밭으로 변해버렸다.

그때까지도 숨을 죽이며 지켜보던 물고기들이 환호성을 지르며 '앙코르'를 외쳐댔다. 먹물 꽃밭은 경이로움 그 자체였다. 꼴뚜기의 꼴값이 아름다운 꽃이 될 줄이야. 꼴뚜기는 대상을 거머쥐었고 상금으로 탄 플랑크톤은 모두에게 나누어 주었다. 새우와 멸치는 힘을 합쳐 큰일을 할 수 있는 용기를 꼴뚜기가 보여주었다면서 박수를 쳤고 한 수 배우겠노라면서 모여들었다.

우리네 삶도 바닷속의 꼴뚜기와 같지 않을까. 서로 시기하고 질투하며 오로지 자신만이 최고라는 병폐된 시대에서 이젠 화합하며 발전해 나가야 하지 않을까.

태양유감有感

예로부터 태양이 꿈속에서 떠오르면 길몽이라고 여겼다. 햇빛이 집 안 가득 비추어도 귀한 손님이 오실 것이라고 믿었다.

높은 곳에서 따뜻한 빛을 온 세상에 보내고 어둠을 물리치는 희망의 상징인 태양은 검은 것과 보이지 않는 것을 동시에 표상한다. 검은 원형의 물질이 백열화하고 이내 붉은색을 발하면서 황금이 되는 과정을 연금술에 비유했다.

태양 또한 장생불사, 열 가지 물건 중에 들어 있어서 궁이나 관청 건물에 십장생 그림을 새긴다. 지상 최고 권좌의 상징을 나타냄에 공명정대하게 일을 하라는 뜻에서라고도 한다.

태양은 왕을 나타낸다. 주몽이나 혁거세, 가락국의 김수로 왕, 김알지 모두 알을 통해, 하늘에서 내려온 전광 같은 빛에 의해 또는 금궤합 속의 알에서 나왔다. 그래서 빛과 밝음으로 세상을 다스린다고 함에 동해안 별신굿에서는 세존굿이라고도 했나 보다. 일월 맞이굿을 하면서 해 돋아 일월맞이, 달 돋아 월광맞이 하면서 세존, 즉 왕에게 만사형통을 축원하고 복을 가져다주는 기복의 대상으로 여겨진 것이리라.

태초에는 2개의 태양이 있어서 열이 과잉으로 내리쬠에 사람이 타 죽게 되었다. 하늘의 천지 왕이 아들에게 1개의 태양을 없애라고 명한 후부터 인간계가 평정을 이루었다고 한다. 그렇다면 111년 만에 돌아온 폭염은 혼돈 속에 없어진 태양이 다시 돌아왔단 말인가. 아니면 하늘에서 불단지를 관리하는 축융이 실수로 불단지를 쏟은 것일까.

일본에 온 태풍도 우리나라를 비껴가고 중국의 홍수도 남쪽으로 내려오질 않았으니 연일 불구덩이 속을 걷고 있는 느낌이다. 대지는 활활 타오르고, 매스컴에선 노약자나 어린이의 외출을 삼가라는 방송이 계속된다. 들에 나가 밭일하던 농부들이 온열병에 죽어 나간다. 태양열에 달아오른 쇠파이프 들고 날며 현장에서 고생하는 노동자도 죽음 앞에 예외가 아니고 보니 하늘이 노하신 것인지. 아니면 미친 것인지. 왜 이런 혹독한 시련을 주시는 것인지.

온열로 인해 작동조차 미비한 에어컨 아래에서 온종일 머물다가 귀가하면 위아래, 동네 어귀 할 것 없이 연신 돌아가는 실외기 열기 속에 찜질방을 연상케 한다. 한밤중에 에어컨 스위치와 씨름하다 보면 날이 밝으니 오호 통재라, 이 일을 어찌할꼬.

하지만 이런 상황은 호강에 겨워 하는 탄식이 아닐까. 쪽방에서 낡은 선풍기 하나에 몸을 싣고 삼복 폭염에 씨름하는 이들의 고통을 생각하면 나야말로 엄살이요, 사치가 아닌지.

옛날에는 기우제도 지내고 논두렁에 용신제도 지내고 병든 태종 왈, "내가 상제에게 빌어 비가 오게 함으로써 백성을 구하리라." 하고 그날로 승하해서 비가 왔다고 하는데 지금처럼 물질만능이고 최첨단의 과학을 자랑하는 시대에서 태양만은 마음대로 안 되나 보다.

세월 속에 이기적이고 편협하고 교만과 자만 속에서 생명의 존귀함마저 저버리는 이 현실을 태양께서 직시하고 깨우침을 주는 것인지.

태양이시여!

여름은 양기 가득한 계절이라 만물을 무성케 하고 대지를 뜨겁게 달구는 것이 당연지사라고 해도 이건 아니올시다. 도보에 10분만 걸어도 땀이 줄줄 흐르고 온몸이, 두 다리가 후들거리고 머리가 용광로처럼 끓어오르게 하심은 태양도 도리가 아니지 않습니까.

이제 이런 상황을 거두어 주시고 바람과 구름과 장대비를 내려주시길 기원합니다. 지금껏 좋은 글 한 줄 제대로 쓰지 못한 제가 온열 속에 생을 마감하기엔 억울하오니 부디 은혜를 베풀어 주십시오.

2
코로나19 바람 앞에

코로나19 바람 앞에

바람이 인다.

몸이 날아갈 정도로 세찬 바람이다. 불어온 바람 앞에 사람들은 휘청거린다. 손을 쓸 새도 없이 몰아치는 태풍 코로나19가 모두를 강타했다. 그동안 안일한 삶 속에 잊고 있었는지, 사람이 어떻게 살아가야 하는 법을 일깨워 주려는 것일까.

소리 없이 엄습해 온 검은 그림자. 사람과 사람 사이 소통하며 기구했던 염원의 일상을 단숨에 삼켜버렸다. 서로 서로가 마주 앉아 정을 나누고 커피 한 잔에 담소하고 사랑을 속삭이고 미래를 설계하던 꿈들이 2m 간격이라는 주의보 아래 멀어졌다. 말문도 막혀버리고 입술이 닿아도 안 되고 침이 튀어도 안 되고 누군가 스쳐 지나간 자리는 에틸알코올로 닦아내고 장갑 끼고 손잡이 잡고 면봉으로 승강기 층수 누르고 조심조심!

가슴속 깊이 내재되어 있던 미움과 증오가 화살촉으로 변해 그대로 세상 밖으로 토해낸 걸까. 머리부터 발끝까지 바라만 봐도 두통이 일어 서로의 몸이 비누가 되어 바람 따라 날아다니는 것인지.

모자에 안경에 마스크에 완전 무장하고 1m 간격을 두고 길을 가야 하는, 그래서 사람과 사람 사이 소통하던 지난날들이 단절되어 버렸다. 코로나19라는 바이러스가 연기처럼 언제 어디서 누군가를 통해 내 몸에 밀착될지 모르는 터에 신경은 곤두박질치고 두려움과 공포로 노이로제가 될 지경이다. 이러지도 저러지도 못하는 상황 속에 처음 겪는 일이라 참으로 난감하다.

코로나19 바이러스란 놈이 얼마나 강력하기에 사랑하는 손녀와 며느리도 보러 갈 수 없다. 오랫동안 부부였던 이들도 하루아침에 분리되어 격리되고 얼굴조차 볼 수 없다. 안타까움 속에 어느 한쪽이 사망해 장례를 치러도 가보지 못한다. 말기 암 환자가 119로 실려가 죽음을 맞이했어도 이웃들은 확진자

코로나19 팬데믹 에세이

가 아니라 천만다행이라고 안도의 숨을 쉰다니 이렇게 애달프고 비정한 세상이 어디에 또 있단 말인고!

지구상에 존재하면서 만물의 영장이라고 외쳤던 사람들이 너무 오래 살아온 때문인가. 자연 아래 벗 삼아 삶을 영위한다는 명목으로 자기중심적으로 훼손한 대가일까.

하늘 높은 줄 모르고 솟은 빌딩에 자동차 물결에 유독가스에 황사바람에 오로지 나를 존재키 위해 빚어낸 발전이 자연을 도구로만 사용한 것인지. 아니면 물질 팽배 속에 이기적인 생각으로 서로 물고 뜯는 병폐적 일상들을 하늘을 보고 있을 수만은 없기에 이제 때가 되었다고 바이러스 태풍으로 휘몰아치시나 보다. 거대한 자연에 기대어 조금씩 양보하고 배려하는 마음으로 풍요를 이끌었다면 오늘 같은 이런 재앙의 씨가 생겨나지 않았을지도 모른다.

이젠 서로가 반목하고 피해야만 안전하다는 불신감에 나는 어떤 생각으로 성찰하며 살아가야 하는 것인지.

동장군이 물러가고 꽃바람이 이는 봄이 왔건만 왜 이리 몸과 마음이 춥고 떨리기만 할까. 곰곰이 생각해 봐야겠다.

나비 사랑

화분마다 피어난 나비 사랑초.

클로버처럼 하트 모양인 잎이 밤이면 나비처럼 날개를 접는다. 삼각형의 붉은 잎은 낮에는 넓게 열리고 그 사이로 가녀린 꽃대 위에 5장의 꽃잎이 연분홍빛 향연을 펼친다.

남성의 화신인 나비는 여인의 상징인 꽃에 앉아 그 꽃의 아름다움에 취해 떠나지 못하고 잎이 되었다는 나비 사랑초. 그래서 꽃말이 '당신을 끝까지 지켜 줄래요.'인가 보다. 변치 않을 사랑이라고 말해 준 시인이 내게 음성 파일 하나를 카톡으로 보내왔다.

음성 파일에는 자신의 남동생이 부른 노래가 담겨 있었다.

평소에 기타에 능한 시인이 목청 좋고 음악에 조예가 깊으신데, 동생분 또한 취향이 같다고 하니 왠지 궁금증이 인다.

카톡 안, 음성 파일을 통해 흘러나오는 굵직한 저음에 허스키한 음색. 현미의 '보고 싶은 얼굴'을 구성지게 부르는 동생분의 목소리는 공명 속의 울림 같았다. 목 안 깊숙이 공 굴리듯 하는 소리가 묘한 여운마저 일게 하면서 왠지 쓸쓸함이 배어 있다. 고독감에 젖어 있다고나 할까.

시인의 말에 의하면 미국에서 터전을 일구고 두 남매를 의사로 훌륭히 성장시키고 남부럽지 않은 삶을 영위하면서 이제 노년기에 접어든 터라 음악 동호인들 모임에서 리더 역할을 맡고 있다고 하신다.

아쉬운 것은 지난해에 두 분이 함께 아내를 잃은 애달픔이 있다는 것이다. 아마도 그런 까닭에 노랫소리가 구슬프게 들렸나 보다.

요즘에는 이곳에서 미국까지 하루 생활권이라서 보고플 때면 비행기로 가 회포를 풀 수도 있으련만 삶이 어디 그러하겠는가. 타국이든 어디든 간에 둥지를 틀면 그곳이 고향 같듯이 일상을 벗어나기란 여간해선 쉽지 않음에 서로의 애창곡을 카톡으로 주고받으며 보고픔을 달래는 두 분이야말로 음악이라는 공통분모를 공유할 수 있음이 얼마나 멋진 일인가.

어릴 적 뛰놀던 피붙이들도 성장해서 뿔뿔이 흩어지면 때론 갈등하고 멀어지기도 함에 두 분의 형제애가 두터운 것이 내게 귀감이 된다. 더욱이 같은 해에 아내를 잃은 아픔은 동병상련이 아니던가.

참으로 알 수 없는 것은 동생분의 노래에 귀 기울일 때이다. 어디선가 '보고 싶어. 보고 싶다!'로 메아리가 친다. 마법에 걸린 것일까. 아니면 어떤 이끌림에 의해서인지.

불현듯 자리를 박차고 일어선 나는 밖을 향해 뛰쳐나왔다. 그러고는 이내 택시를 잡아타고 15분 정도 거리인 시인의 옛집으로 달려갔다.

산사에 위치한 시인의 옛집은 모두가 떠난 자리라서인지 인기척은커녕 정적만이 흘렀다. 나는 그 집 앞마당에 놓인 층층대를 지르밟고 올라서서 난간에 몸을 기댄 채로 스마트폰을 열었다. 오래전에 고인이 되신 부모님의 넋이라도 이곳에 머문다면 이역만리에서 보내온 아드님의 음성이라도 들려드리고픈 마음에서였다.

8남매의 일곱째이신 시인 또한 이곳에서 유년 시절을 보냈으리라. 잔디가 깔린 널찍한 마당에서 웃고 장난치면서 뒹굴었을 상상을 하고 보니 나 역시 지난날 동생들과 뛰놀던 개구쟁이 시절이 생각나면서 절로 입가에 미소 지었다.

스마트폰에서는 동생분의 '보고 싶은 얼굴'이 흘러나오고 '제비'도 허공을 가른다.

세월이 흘러 나이가 들수록 형제자매들과 지냈던 즐거움도 때론 반복했던 고통과 허물도 사랑하게 되나 보다. 추억을 반추하면서 말이다.

바로 그때, 나비 한 마리가 날아와 대문 앞을 지그재그로 가로지르며 여러 번 반복하더니 내 머리 위를 지나 극락전으로 날아갔다. 한 마리가 아니라 노랑나비, 점박이 나비 그리고 흰나비가 같은 추임새로 날아간다.

희한하게도 노랫소리가 흘러나오면 나비가 날아드는 것이다. 어쩌면 두 분의 아내가 나비의 화신이 되어 옛집을 찾은 것이 아닐까.

　아무리 먼 곳에 있었어도 이승을 하직하면 모태 회귀 현상에 의해 본래의 자리로 돌아온다고 하는데 빠르지도 않고 느리지도 않으며 유유하게 나풀나풀 시공을 초월한 날갯짓으로 영혼의 선회를 하는 나비. 천상과 지상의 매개체로 신통력 있는 날개는 환몽적 세계를 노니는 유랑객이라고 할까.

　번데기는 죽어야 할 육체를 상징함에 그 속에서 나온 나비는 불멸의 인간. 부활하는 영혼이기에 칼 구스타프 융은 신의 미물의 형태로 모습을 바꾼 것이라고 해석한 것이리라.

　부부간의 금실 좋음을 나타내는 나비가 육체를 떠나 영혼으로, 꽃은 연인 사이의 행복이라기에 나비 사랑초가 피어남은 시인과 동생분이 사랑했던 아내에 대한 그리움이 내게 그런 현상으로 다가왔나 보다.

　그런 의미에서 청구영언의 고시조에는 '나비야, 청산 가자. 범나비 너도 가자! 가다가 저물거든 꽃에 들어 자고 가자! 꽃에서 푸대접하거든 잎에서나 자고 가자.'라고 나비와 꽃을 남녀의 사랑으로 표현한 것이 아닐까.

인연 바라기

참으로 오래전의 일이다.

제주도에서 안 선생이라는 이가 나를 찾아왔다. 그는 타 종
교에서 구도자의 길을 가고 있는 분인데 내게 허심탄회하게
가정사를 털어놓았다. 자신이야말로 종교적으로 가려고 애쓰
면 희한하게도 형제자매가 반복하여 상처를 준다는 것이다.

그런 그분에게 나야말로 동병상련이기에 그것은 거울처럼
자신을 들여다보라는 계시일 것이라고 말해 드렸다. 선과 악이
공존함에 자신이 믿는 것이 어떤 의미를 부여하는 걸까. 내게
도 상대성을 향해 정진하고 공부하라는 가르침이 아니겠는가.

그분과 한참을 이야기 삼매경에 빠졌다. 궁궐에 관해 이야

기하며, 조상에 대한 의문점 등을 나눌 수 있었다. 내친김에 내 집에서 자동차로 15분 거리인 서오릉을 견학한 뒤 점심을 함께하고 헤어졌다.

그분의 이야기 가운데, 순흥 안 씨인 안당대감과 조광조가 밀담을 나누던 중 사랑방에 손님으로 머문 송 대감이 관가에 밀고하여 잡혀갔다는 말이 가슴에 박혀 있다. 여산 송 씨는 나의 외조모이신데 송 씨와 안 씨, 조 씨에 대한 업보를 듣게 될 줄이야.

다음 날, 제주도에서 안 선생이 연락을 해왔다. 동생이 자살하려고 약을 먹고 강서구에 있는 보훈병원에 입원해 있으니 한 번만 찾아 달라는 것이다. 잠깐 만난 안 선생이 생면부지의 동생을 내게 부탁했고, 나는 그길로 억수같이 퍼붓는 빗속을 향해 달려갔다.

병원 침대에 누운 창백한 얼굴을 한 청년, 참으로 준수하다. 무엇이 안타까워 세심을 저버리려고 했을까. 간호사의 말대로라면 살고픈 마음이 없어서 5가지 약을 삼키는 바람에 회생하기 힘들다고 했다.

아! 나도 모르게 청년의 두 손을 부여잡고 눈물로 호소했다.

"주여! 부처여! 신이시여! 이 청년을 구원해 주소서, 불쌍히 여겨 주소서!"라고 말이다. 내 기도가 통한 것일까. 의식을 찾은 청년이 의아한 눈으로 나를 바라본다.

후에 들은 바로는 청년이 안갯속을 헤매는데 중년의 어느 여자가 바짓가랑이를 붙잡고 가지 말라고 애원하면서 막는 바람에 눈을 뜨니 꿈이었다고 한다. 사경을 헤맨 청년이 꿈속에서 본 여인이 바로 나였다면 참으로 다행한 일이다.

인연은 강물이 흐르듯이 흘러가다가 울돌목에 휘몰아쳐서 다시 돌아오는 것인지.

며칠 전, 정 시인이 나를 찾아와 가계도를 의논하면서 망자가 11명이나 되니 4월 8일도 얼마 남지 않아서 영가등이라도 달았으면 한다는 것이다. 정 시인의 가계도는 조 씨, 최 씨, 안 씨인데 조부모, 형제자매가 그토록 세상을 하직한 이가 많다니. 살아생전에 죽은 이를 기리는 제 지내는 것도 힘겨운 일이다 싶어 절에 등이라도 달면 마음이 편하다면서. 그중 똑같은 안 씨 성을 가진 할머니가 두 분이신데 이름도 모르니 등 하나에 '순흥 안 씨' 하고 써서 달아도 괜찮을 성싶지 않은가 하고 물었다. 조계사에서 탑돌이를 마치고 정 시인의 말대로 정성이 중요하니 영가등 접수대로 향해 걸어가 10명의 망자를 접수지에 써 내려가던 중 내게 갑자기 환청이 들려왔다.

'괘씸한 것, 그래 유흥비에는 아까워하지 않는 것들이 조상을 기리는 등값은 그리 아까운가.'

그러잖아도 안 씨 할머니 한 분을 모시지 못함에 마음이 찜찜하던 차에 이래선 안 되겠다 싶어 자비를 털어서 11명의 영가등을 지장전에 올렸다. 돌아서는 길에 독립문기념관에 들러 헌화하고 순국선열의 명복을 빌었다. 마침 택시가 달려오길래 타고 보니 택시기사 양반도 안 씨가 아니던가. 본관을 물으니 그분 또한 순흥 안 씨이고, 참으로 희한하다.

얼마 전에 작은아들의 짝으로 안 씨를 맞았으니, 인연법에 의해서인가. 이런저런 상념에 젖어 차창 밖을 바라보고 있자니 가로수에 매달린 현수막에 시선이 꽂힌다. 앗! 현수막에는 '안중근 의사 추모제'라는 글귀와 함께 2018년 3월 26일이라고 씌어 있잖은가. 바로, 안중근 의사를 찾으라는 계시가 아니고 무엇이랴.

나비 상想

     정암사 수마노탑 부처의 진신사리를 모셨다는 7층 석탑의 적멸보궁에서 부처가 오셨는가.

    강원도 정선 고한읍에서 별 밤 헤아리며 작품 활동과 음악 속에 관세음보살 기도로 선을 추구하셨다는 김 시인께서 나를 찾았다. 이게 얼마 만의 해후던가. 25년은 되었음 직한데 소식 한 번 없으셨었는데 참으로 반가웠고 그저 고마웠다. 한때는 동네 이웃이었고 문학 행사장에서 서너 번 마주쳤을 뿐인데 잊지 않고 나를 찾으셨으니 말이다.

    그간, 시인께서는 간암 투병 중인 아내를 싣고 정선에서 서울 연세대 병원까지 장장 7년간을 이틀이 멀다 하고 왕래하셨다고 했다. 오로지 쾌차하기만을 바라면서 젖은 옷 갈아입히길 수만 번. 긴 병에 효자 없다고 하지만 그분의 아내를 위한 순애보적 사랑에 나도 모르게 가슴이 먹먹해진다. 동네에서 금실 좋기로 소문난 두 분이셨기에 아내가 작년에 이승을 하직했으니 얼마나 가슴이 아프셨을까.

아내의 병상을 지키며 하루에도 12번씩 환자 옷을 갈아입히면서도 나중에는 분비물까지 구수했다 한다. 그분이야말로 삶과 죽음의 갈림길에서 갈 수밖에 없는 그래서 더욱 허허롭기까지 했지만, 긍정의 힘으로 버티셨다는 것은 침묵 속에 인내하신 스스로 도를 일깨운 분이시리라.

그런 분이 내게 행복론을 설파하신다. 행복은 멀리 있는 것이 아니라 그 자리 그대로 있음인데 행복을 좇아 헤매는 것은 행복을 멀리하는 것이라고 말이다. 다행히 여러 번 겹치면 그것이 행복이고 이 순간에 숨 쉴 수 있는 자체 또한 행복한 것이라고 말이다.

시인이 떠나고 난 뒤에 그 자리. 옷깃에 묻어난 씨앗이 떨어진 걸까. 화분마다 사랑초가 활짝 피어났다. 씨앗을 심은 적도

없는데 화분마다 잎새와 연보랏빛 작은 꽃들이 올망졸망 피어
났다. 그것을 바라보는 이 또한 이거야말로 조화가 아니고 무
엇이겠느냐면서 신기해한다.

더욱 희한한 것은 그날부터 나비가 나를 따라오듯이 나풀거
리면서 주위를 날아오른다. 한 발자국 옮길 때마다 발밑에서
나풀나풀, 치맛자락에 서너 마리의 나비들이 휘감듯이 춤을
춘다. 불광천 개울가 징검다리에서도, 은행 앞에서도, 전철역
앞에서도 온통 나비이다.

그렇게 하길 한 달이 넘었으니 너무도 신기함에 스마트폰에
동영상으로 찍어서 시인에게 보냈다. 그랬더니 마침 시인의
방에도 나비 표본 안에 호랑나비와 노랑나비가 각각 한 마리
씩 있는데 표본 위에 흰나비가 앉았다면서 그 장면을 찍어 보
내셨다.

민속학에서는 나비는 죽은 영혼을 상징하는 것이고 보면 아
마도 시인의 아내가 나비로 환생한 것이 아닐까. 비 오는 날에
는 길상사 진영각에서부터 호랑나비 한 마리가 절 입구 문 앞
까지 따라왔는데 어쩌면 시인의 방에 있는 표본 속의 나비인

지도 모른다. 그분의 부친께서 승무로 유명하셨기에 호랑나비가 되신 것이 아닐까.

불가에서는 불교 의식 무용의 하나로 나비춤이 법무 중에서도 중요하게 여긴다. 나비춤 그 행위 동작이 불법을 상징함에 기본 춤사위 중에 비非 나비 상想이 있어서 나비를 상상하여 아름답고 향기로운 꽃 냄새가 나는 고장이 바로 (연회장소) 천상 천하의 모든 신들이 모여서 부처에게 법法을 배우라는 의미가 있다고 한다.

나비는 불멸의 영혼을 상징함에 대승께서는 내게 불가의 가르침을 터득하라는 깨우침에서 나비처럼 사뿐히 내 어깨 위로 내려앉으셨나 보다.

장자 또한 꿈속에 나비가 되어 온갖 꽃들의 꿀을 빨아 먹으며 큰 행복을 맛보았다는 것을 볼 때 행복을 논하는 글을 쓰는 시인의 선한 마음이 그의 부친이나 아내의 착한 일생에서 나비로 환생한 것이 아닐까.

봄봄 봄나들이

봄이 오는 길목에서 사계가 멈춘 듯하다. 정적만
이 흐른다. 생명의 어머니인 대지도 갈색이다. 찬바람 휘몰아
치는 도보 위에 우뚝 솟은 나목들 가지는 서로 부둥켜안고 울
부짖고 자연의 순환 속에 무릉도원을 무색하게 하던 그 순간
들은 언제였던지 피고 지고 열매 맺던 아름다움이 퇴색되어
땅 위로 내려앉았다. 생명력이 감쇠해서인지 무겁고 까칠하
다. 온통 갈색이다.

동장군의 마지막 몸부림이었는가. 한국문인협회 이사장 선
거라는 미명 아래 한바탕 회오리바람이 불어왔다. 책을 통해
접하던 문인들, 안부조차 없던 문우들이 선거를 통해 만나게

되고 소식을 전한다. 찻집에서, 행사장에서, 혹은 술집에서 저마다 지지하는 이를 위해 뜻을 모으고 만남의 장을 열면서 열띤 경쟁을 했다. 말판 위에 주사위 놀이처럼 쾌를 돌리고 연구하고 고심하면서 학연, 지연의 인연 따라 동분서주하면서 설왕설래했다.

고희를 넘긴 선배님들 속에 열정적인 후배들과 머리를 맞대고 오로지 한 가지 일념을 향해 질주한 시간들. 나 또한 그 무리 속에 속해 평소에 존경하고 인연이 깊은 심 선생님을 도와 그분의 지명도를 높이고자 안간힘을 썼다. 부이사장이라는 직함을 가지고 나온 그분도 선거에는 처음이고 남 앞에 나서서 선거운동을 한 나도 처음이다.

하지만 한번 인연을 맺으면 충심을 발휘하는 신념은 변함이 없기에 그분을 따라 고충을 논하고 뜻을 잇고자 밤이 깊도록 노력한 순간순간들이 돌이켜 생각하면 보람된 일이 아닐 수가 없다.

과녁을 향해 활시위를 힘껏 당기고 그 화살이 빗나갔다손 치더라도 비록 승전보를 올리지 못했다손 치더라도 환갑을 넘은 나이에 이토록 열정을 다해 본 날들이 있었을까. 마치 청춘이 되살아난 듯한 희열감은 어쩌면 패배에 대한 반사작용인지도 모른다. 하지만 한 가지 분명한 것은 문학의 길을 가는 데 있어서 우리는 영원한 동반자라는 것이다.

이제 봄의 정령이 내려앉나 보다. 땅속 깊숙이 뿌리 속에 있던 혈관들이 대지 위로 솟아오르고 파란 싹을 틔운다. 찬바람 맞으며 묵묵히 인내하는 나목들은 가지마다 혈관을 통해 수액이 왕성하고 기지개를 켠다. 하늘을 향해 사랑을 부른다.

담장 아래 메마른 가지들은 노란 꽃잎이 송송 맺혀 창가에 커튼을 드리우듯 봄의 향연을 노래하는데 봄은 음양오행에서 양을 뜻한다. 봄의 춘春은 햇볕을 받아 풀이 돋아나는 모양이기에 봄기운이 생명을 살리고 생장을 상징하기에 파란 싹과 노란 꽃이 먼저 피기 시작하나 보다. 노란색의 의미가 영혼의 완성이요, 햇빛과 젊음이요, 지혜, 통찰력, 이해심, 평화를 뜻하기에 그런 의미에서 볼 때 무거운 감정은 훌훌 털어내고 바로 우뚝 서라는 의미일 것이다.

예로부터 정사를 봄에 그르치면 천체의 운행에 이상이 생겨

사철이 어긋난다고 했는데 봄을 시작으로 여름, 가을, 겨울이 이어짐에 재생의 의미를 부여하기 때문이리라.

특히, 봄바람은 여인을 상징함에 춘심이요, 춘정이라는 말도 있듯이 나 또한 봄바람 맞으며 나들이를 떠나고 싶다. 창작을 통해…!

소해 유감_{有感}

새해가 밝았다.

겨우내 꽁꽁 얼어붙은 땅을 열심히 갈아내어 기름진 옥토를 일구어 주는 소는 부활과 재생을 의미하는 동물로 여겨졌다. 소는 월月을 상징함에 달의 기울고 차오르는 이미지와 연결되었다고 믿었기 때문이다.

밭을 갈고 농사를 짓는 농경사회에서는 풍요를 주는 소야말로 창조의 상징이요, 숭배의 대상이 되기도 했고 그래서 불가에서는 진리의 안내자요, 무명에서 깨친 진리라고 일컫는 것이 아닐까.

그런 의미에서인지 쇠뿔은 술잔으로 만들어 제기로 사용하기도 했는데 다른 한편으론 악귀를 쫓는 주술적 의미로 쓰이기도 했다. 소코뚜레 또한 악귀를 예방하는 까닭에 대문에 걸어 두기도 했는데 요즘에는 매매가 안 되는 집 대문에 사용하기도 한다.

그만큼 쇠뿔의 강한 이미지가 남근을 상징하는가 하면 성능력을 나타내는 까닭에서인지 고대 이집트에서는 쇠뿔을 왕관에 장식하고 그 위용을 뽐내기도 했다고 한다.

고구려 무용총 벽화에도 소가 여물을 먹고 있는 장면이 있음은 당시 소를 순박하고 근면하고 성실함의 상징으로 여겼음을 알 수 있다.

몇 해 전, 폭우로 인해 마을이 물에 잠겨 축사를 탈출한 소들이 530m 높이에 있는 산속 절로 올라간 것은 참으로 신기한 일이다. 물살에 휩쓸려 지붕 위로 올라간 소가 송아지 2마리를 출산하기도 한 기적적인 일은 비록 짐승이라도 자식을 지키려는 어미의 본능이 없다면 일어날 수 없는 일이리라.

하지만 소는 언젠가는 도살장으로 가야 함에 내게 다시금 생각하게도 한다. 종교적으로는 제물로 바쳐지기도 했는데 인

간에게 있어선 의식주가 중요함에 의와 식을 해결해주는 소야
말로 진리의 매체로서 신에게 바쳤는지도 모른다.

그런 의미에서 볼 때 소는 신이 인간에게 내린 축복이라고
본다면 나와 남편이 만난 것도 신이 내게 주신 선물인가. 소띠
인 남편과 부부의 연을 맺은 지도 어느새 40여 년이 흘렀으니
세월은 유수와 같다고나 할까.

강산이 세 번이 바뀌도록 티격태격하면서 살아오는 동안 서
로가 닮은꼴이 되어가는 것인지. 소가 땅바닥에 엉덩이를 깔
고 누우면 일어나기가 힘든 것인지, 그래서 남편은 20여 년 동
안 몸담고 일하던 곳에서 IMF를 맞이한 해에 그만 손을 떼고
주저앉아 버렸나 보다. 그렇게 주저앉은 채 10여 년을 저혈당
에 당뇨라는 병마와 싸우면서 휴식을 취하는데 그런 그 대신
에 내가 소처럼 일에 몰두하게 되었으니 상대를 통해 나를 바
라보고 깨우치게 되는 걸까.

백발이 성성한 그를 바라보면서 성숙이라는 미명 아래 너그
러운 마음 씀이야말로 그것이 인생인가 보다.

소해는 어찌 보면 힘겨운 일을 헤쳐나가라는 하늘의 계시인

지도 모르잖는가.

　세계적인 경제난을 이겨내고 치솟는 물가를 안정시키고 실업난을 구제하고 환율 파동을 잠재우고 고령화 시대를 극복하기 위해 소처럼 부지런히 일하고 열심히 가꾸어 풍요로운 한해를 창조하라는 것이 아니겠는가.

업業

일 년 전의 일이던가. 홍제동에 사는 이 선생이 내게 강아지 한 마리를 건네주었다. 그녀의 아버지가 폐암 말기이기에 강아지가 대신해서 죽으면 아버지가 소생하실지 모른다는 생각에서 갖고 왔다는 것이다. 이럴 수가, 참으로 희한한 것은 그런 일이 있은 지 얼마 안 되어서 같은 연유로 인해 점박이 '시츄' 한 마리가 들어왔다. 곧이어 이민 간다는 친구가 '말티즈' 한 마리를 맡겨왔다.

어디 그뿐이랴. 주인 잃은 말티즈를 동물병원에서 억지로 떠맡겼으니 이 무슨 조화인지. 평소에는 개에게 관심이 없었는데 어쩌다가 졸지에 개 네 마리를 한꺼번에 얻었으니 이거야말로 업이 아니고 무엇이랴.

강아지 한 마리가 생겨났을 때는 남편과 두 아들아이는 기뻐했다. 하지만 그것도 잠시뿐, 점점 늘어날 때마다 불만을 터뜨렸다. 개 먹이가 식구들 반찬보다 낫다는 둥, 개털이 날려서 안 되겠다는 둥, 오줌똥은 어찌하겠느냐는 둥. 자신들이야말로 개만도 못한 것 같아 방송 출연을 해서라도 시시비비를 가려보자면서 아우성쳤다. 노발대발하는 남편과 두 아들아이를 피해 집에서 개를 끌고 나와 사무실로 피신하길 수차례, 그런 내게 남편은 개 아줌마라는 닉네임도 붙여주었다.

우여곡절 끝에 개를 길들였고 이제는 능글맞기까지 하다. 남편과 두 아들아이가 호통을 칠세라 슬금슬금, 피해 다니면서도 갖은 재롱을 다 피운다. 자연, 개와 교감이 이루어지는지 내가 아프면 개들도 늘어져 있고 전이가 된다. 신기한 것은 제 삿날이 돌아올 즈음이면 밤잠을 설치며 짖어댄다. 축시에 마구 짖어대는 것을 보면 개는 귀신을 볼 수 있다는 옛말이 틀리지는 않은 듯싶다. 내가 문병을 갔다 오는 날에는 바짓가랑이를 물고 늘어지며, 등 뒤를 향해서 으르렁거리는 것을 볼 때 영물임에는 틀림없으리라.

시간이 흐를수록 정이 흠뻑 들어감에 마당 한 뼘 없는 실내에서 북적거리면서 살아가고 있다. 내가 개를 그토록 아끼는 것도 어쩌면 생명에 대한 귀중함을 깨우치라는 계시이리라.

이 선생이나 이민을 간 친구나 개를 버린 사람이나 모두가 인과의 법칙에 의해 생겨난 일이고 보면 업이 업을 낳고 또 다른 업으로 이어지는 것이기에 하찮은 것 하나라도 나와 연을 맺은 것은 소중히 여겨야 하는 것이 아닐는지.

착각

　　우리 동네 사거리에 생긴 왕돈가스집. 얼마나 큰 돈가스를 주기에 손님이 문전성시를 이룬다. 요즈음 다른 음식점은 코로나로 인해 적막강산인데 유독 그 집만 바글바글하다.

　나는 평소에 집밥을 선호하는 편이라 그 집 앞을 지나쳐도 별로 식욕이 당기질 않았다. 그런데 오늘은 웬일인지 돈가스가 먹고 싶다는 생각에서 음식점 문을 열고 들어서니 여느 때와 마찬가지로 점심 손님으로 꽉 차 있다.

　빈 좌석이 없기에 막 나오려는 참에 창가에 있던 손님이 일어섰다. 그래도 먹을 복은 있는지 손님이 떠난 빈자리를 찾아들었다. 마침 주인인 듯한 아저씨가 주방과 카운터 가운데에 서서 "왕돈가스 하나요!"라고 외치기에 "저도요. 하나 주세요." 소리쳤다. 그랬더니 그 아저씨 못마땅한 시선으로 앉아있는 나를 훑어보듯 찡그리는 표정까지 짓는 것이 아닌가.

참으로 이상했다. 하지만 나는 이내 "아저씨 여기 왕돈가스 하나요!"라고 재차 외치니 그는 "에이! 왕돈가스라네. 지금 되나?" 하면서 주방을 향해 외쳐대더니 아무렇지도 않다는 듯 냅킨을 정리한다.

나도 기분이 조금 상했다. 그러나 '얼마나 맛이 있고 크길래. 주문이 쇄도해서 이익이 적은가?' 하고 생각하니 불친절한 것보다는 꼭 먹어봐야겠다는 호기심에 입맛이 당겼다. 그렇게 맛이 있으면 하나 더 포장해서 남편을 주어야겠다 싶어 일인분을 더 주문하고 나서 주위를 둘러보았다.

아뿔싸! '음식값은 선불입니다'라는 현수막이 카운터 앞에 걸려 있지 않은가. 아마도 그래서 눈살을 찌푸린 게 아닌가 하는 마음에서 재빠르게 계산대로 다가가 값을 치르고 자리로 돌아와 앉았다.

참으로 알 수 없는 것은 손님들의 시선이 내게로 꽂혔는데 계속 눈을 떼지 못하는 것이 신사분하며 아주머니에 학생들까지 일제히 바라보며 침묵했다. 나는 마음속으로 은근, 그래도 세련미가 넘쳐 바라보나 보다 하고 입가에 미소를 지으며 나이프로 돈가스를 썰기 시작했다.

동네에서 단정하다고 소문이 나질 않았던가. 흐트러짐 없이 깔끔하게 다닌다고 풍문이 들려왔는데 아마도 그런 이미지 때문인가 싶었다. 그렇다면 작은 눈이지만 크게 뜨고 새침하게 앉아 우아하게 포크로 조심스럽게 살살 썰어서 한입으로 쏘옥! 입술에 묻을세라 혀끝으로 한번 원을 그리며 핥았다. 소리가 새어 나가지 않도록 오물거리면서 한참을 먹는 것에만 집중했다.

'왕' 자라는 말마따나 어찌나 돈가스가 크던지 줄어들 기색이 없어 반 토막도 함께 포장하고 음식점을 빠져나왔다. 한 발자국씩, 사뿐사뿐 걸어서 집으로 향했다. 자아도취에 빠지면서 말이다.

남들이 다 가본다는 피부샵 한 번 가길 했나, 콜드 마사지 한

번을 하길 했나, 비누 세안하고 기초화장에 분칠만 해도 곱다
고 하는 것은 다행한 일이 아닌가. 하지만 세월은 어쩔 수 없는
지 요즘 들어 부쩍 얼굴색이 칙칙하고 잡티가 늘어 다른 때보
다 분칠 한 번 더 토닥이고 마스카라에 아이라인까지 정성을
들였더니 사람들의 시선을 끌어당겼는가. 칠순이 멀지 않았는
데 그리 보이질 않는 것이리라 여겨지니 기분이 최고로 업되
었다.

나는 휘파람을 불며 현관문을 열고 들어섰다. 포장한 왕돈
가스를 탁자에 올려놓는 순간, 남편이 깜짝 놀라며 말한다.

"아니, 얼굴이 그게 뭔가. 거울 좀 보고 다니지. 그래 내가 뭐
라 했는가. 평소에 거울을 넣고 다니라 하지 않았나. 여자가 수
시로 거울 보고 다듬어야지. 눈이 그게 뭔가!"

남편의 말에 화들짝 놀란 나는 화장대로 가 거울을 보니, 아
이쿠! 눈 주위에 마스카라가 번져 둥근 안경을 쓰고 있지 않은
가. 얼마 전 화장품 할인매장에서 산 마스카라 때문이었다.

이 무슨 망신이람! 제멋에 겨워 자신만만했던 자만이 단숨
에 와르르 무너져 내렸다. 왕돈가스집에서 그 많은 손님이 나

를 쳐다보았을 때 어떤 느낌이었을까. 특히, 주인아저씨의 이상한 눈빛이 이제야 알 것 같다.

　아! 이제 그 집 앞을 지나갈 수 있을지. 아무래도 한동안 돌아서 가야 할 성싶다.

어느 죽음 앞에서

평소에 내게 가르침을 주시는 지인 한 분에게 전화가 걸려왔다.

송수화기를 통해 들려오는 그분의 말씀인즉, 자신의 마누라가 병중이니 앞일이 어찌 되는지 내가 그린 그림을 통해 알고 싶다는 것이다. (나는 그림을 그리면서 미래는 보는 예지력이 있다.) 지인의 부탁을 받는 순간 갑자기 등골이 오싹하니 소름마저 돋아났는데 어떤 병명이기에 그런 말씀을 하실까 하는 마음마저 일어 안타까웠다.

병이 완쾌되길 바라는 그림도 아니요, 앞일을 걱정하는 그림을 그리라니 이 무슨 조화인지는 모르겠으나 웬만해선 그런 부탁을 하시는 분이 아니고 보면 내가 알지 못하는 다급함이 있는 것이 아닐까.

그분의 간곡한 부탁으로 여사의 병명도 모른 채 그림을 그릴 수밖에…. 10F 캔버스 위에서 형형색색의 물감이 풀어지고 손가락은 이내 물감 속을 헤집고 캔버스로 빨려 들어간다. 무엇을 그리는지 알 수 없는 행위. 무의식 속에 의식이 작용하는 걸까. 손가락은 캔버스 위에서 춤을 추고 콧노래는 저절로 흥얼거리고 그렇게 얼마쯤 시간이 흘렀을까.

손가락이 그려 넣은 잠재. 캔버스 위로 바다가 출렁이고 깊은 산골짜기에는 이름 모를 꽃들이 피어나고 하늘에는 구름이 두둥실 떠 있는 그곳은 바로 피안의 세계가 아니던가. 그러고 보니 콧노래로 '요단강 건너가 만나리'를 계속 흥얼거리듯 싶은데 더욱이 이상한 것은 그림 속의 하늘과 바다가 붉은빛을 띠고 있는 것이다. 요단강 운운하는 노래는 무엇이고 붉은빛은 무엇을 의미하는 걸까.

의아해하면서도 다른 한편으론 불길함마저 일었는데 그런 마음을 지인에게 알렸다. 그분께서는 아내인 ㅅ 여사가 급성

백혈병인데 투석하기를 거부하기 때문에 붉은빛이 나타난 것이고, 요단강 노래는 바로 죽음을 의미하는 것이라고 했다. 붉은빛은 혈액을 나타내는 것이라는 것이다. ㅅ 여사가 종교적인 이유로 투석을 하려 하지 않음에 애달프다는 것이다.

그런 일이 있은 지 며칠이 안 되어서 ㅅ 여사는 이승을 하직했다. 물감이 채 마르기도 전에 세상을 떠난 것인데 나는 ㅅ 여사의 영정 앞에 그림을 갖다 놓았다.

참으로 이상한 것은 ㅅ 여사는 자연인이고자 한 것인지. 사람마다 삶의 방식도 다르고 생명 연장하는 방법도 다르기에 현대 의학으로 충분히 치유할 수 있는 혜택을 마다하고 사랑하는 이들을 뒤로한 채 스스로 삶을 포기한 ㅅ 여사의 선택이 옳은 것인지 모르겠으나, 내게로 다가온 망자의 넋 기운이 그토록 평온한 것은 고통으로 얼룩진 죽음과는 전혀 다른 느낌이라고나 할까.

종교와 무관한 망자 자신이 죽음 앞에서 자신의 앞일을 내가 보고 행한 것인지도 모른다는 생각을 할 때 운명을 거스르지 않는 것 자체는 보통 사람으로서 할 수 있는 일은 아닌 듯싶다. 나 또한 살아가면서 죽음 앞에 어떤 모습으로 대처할지 많은 생각을 하게 하는 깨달음을 주는 것이 아닐는지.

얼마 전에 지인 역시 ㅅ 여사의 뒤를 따라가셨는데 내가 할 수 있는 일이라곤 두 분의 명복을 빌 수밖에…….

부디 좋은 곳으로 가시어 편히 잠드소서!

손[手] 그리고 열풍

육체와 의식 사이에서 춤을 춘다.

손은 마술사이다. 물리적 영역에서 두 팔을 뻗어 공간을 자유자재로 정신적 영역을 옮겨 놓은 능력을 조물주에게 부여받았다. 의식을 통해 희로애락을 표현하고 자석처럼 상대방을 잡아당기는 마력이 있어 포옹하고 어루만지는 것이 에로스적이기도 하다.

사랑으로 치유하는 어머니의 약손도 있다.

이처럼 초월의 상징인 손은 지구에 존재하는 모든 사물을 주무르고 다스린다. 소유와 지배를 통해 "내 손 안에 있다."라는 말이 생겨났나 보다. 그래서 불가에서는 천 개의 손과 천 개의 눈을 한 천수천안이 생겨났나 보다.

누군가가 말했듯이, 인간적 존재의 갈등을 극복하는 번민의 표상이라고 함에 두 손을 모으고 합장하는 것은 육체의 수행을 통해 마음을 닦고 세상 이치를 깨닫고자 함이리라.

어떤 이는 배꽃같이 곱고 가늘고 긴 손가락에 반해 인연을 맺었다고 하는 것을 볼 때 정신적으로도 이끌린다는 것을 알 수 있다. 허나, 아무리 섬섬옥수라고 해도 세월은 이길 수 없듯이 삶의 고단한 무게가 손등에 내려앉아 거칠고 투박한 훈장을 붙여준다.

한 알의 밀알을 만들기 위해 땀 흘려 일하는 농부의 갈까마귀 같은 손은 보람이라는 미명 아래 참으로 값진 것이다.

손가락에 반지를 나눠 끼고 영원을 소원하는 약속이 있고, 자기 이름 서명란에 손 모양의 도장을 찍는 수인手印이 있다. 그 중, 결속의 의미로 가장 으뜸은 안중근의 손도장이다. 넷째 손가락 한 마디를 잘라내고 12명의 단지 동맹과 혈서로 나라를 위해 목숨 바칠 굳은 결의, 손가락을 자르는 순간 이미 생명의 근원을 조국을 위해 헌신한 것이리라.

1909년 10월 26일 하얼빈에서 이토 히로부미(이등박문)를 권총으로 사살하고 리순 감옥에서 처형당할 때까지 자신이야 말로 독립군으로서 민족적 차원에서 거사를 했음을 부르짖었 고 장군이길 원했다. 그런 안중근을 장군 대신 개인의 테러리 스트로 만들기 위해 일본군은 의사라고 낮추어 부르고 그것이 오늘날까지 의사로 이름 지어졌고 불린다니 고증을 거쳐서 바 로 잡는 것이 도리일 것이다.

그분의 왼손 도장은 전 세계는 물론이요, 일본군에게 나라 잃은 설움이 얼마나 큰 것인가를 일깨워주는 애국의 표시가 아니겠는가.

이제 안국역 내에서도 독립투사들의 영혼이 일어섰다. 스크 린에 각인되어 발길을 멈추게 하고 기둥마다 순국열사의 이름 이 새겨져서 영웅들의 기백이 되살아난 듯하다. 지나는 이들 에게 다시금 나라 사랑을 일깨워주고 열사들의 장엄한 죽음을 각인하게 한다.

나 또한 캔버스에 물감을 풀어서 붓 대신 손가락으로 그림 을 그리면서 새삼 명복을 빌어본다.

活 그리고 生

2020년 6월 15일.

유난히도 까마귀가 까옥까옥 거리더니 옆 건물에 있는 미장원 원장이 앰뷸런스를 타고 갔다. 다음 날 코로나19 양성으로 나왔다면서 건물 전체가 검사를 받는다 하면서 난리가 났다.

우얄꼬! 나도 그날 미용실에서 머리 손질을 했는데 그때 마스크를 쓰고 들어갔고 그녀도 마스크를 쓰고 코로나 걸릴까 봐 걱정이라는 말을 했는데 왠지 불안했다. 더욱이 그녀는 두피 마사지를 한다면서 극구 사양하는 내 머리를 떡 주무르듯 했으니 말이다.

중구 보건소에서 연락이 왔다. 그녀는 국립의료원에 입원했

단다. 그녀와의 접촉에 대한 자초지종을 말했더니 애매모호하니 의료진과 의논해서 연락한다고 했는데 3일이 지나도 소식조차 없다.

6월 18일. 아무래도 안 될 성싶어 은평구청으로 가 진료소에서 비말 검사를 받았다. 콧속으로 면봉이 들어가 입천장까지 닿는 검사. 무어라 형용키 어렵다고나 할까. 입안 검사도 했다. 다행스럽게도 음성 판정을 받은 나는 의사의 지시대로 자가격리에 들어갔다.

잡동사니 그득한 작은 골방에서 2주간의 격리 생활. 그곳에서 기거하고 취침도 해야 하는 답답한 생활의 연속. 처음은 바쁜 일상에서 벗어나 휴가받은 기분이었으나 하루 이틀이 지나니 이거야말로 감옥 독방 신세가 아니던가. 수건 따로 사용하고, 식사도 따로, 남편과 대화할 때는 마스크 쓰고, 화장실 출입도 온통 소독하고 지나다니는 발자국마다 소독약 뿌려 대고 유령이 따로 없었다.

스마트폰에 앱이 깔려 있어서 동선이 파악되니 절대 집 밖을 나오면 안 된다는 담당자의 전화가 매일 온다. 아침 9시에 체온 체크해서 담당자 전화에 보고하고, 오후 3시에 다시 한 번 하고, 지금 상태가 괜찮은가 하는 심리치료사의 문의는 마음을 편하게 하기는커녕 점점 무서움이 되었다. 만일 재검사를 해서 양성이 나오면 그 즉시 병원으로 가 가족도 못 보고 치료받을 거라는 두려움이 상상되면서 가슴이 조여들기 시작했다.

동사무소에서 구호품이 왔는데 박스에는 라면을 비롯해서 소독약, 샴푸, 햇반, 구운 김, 통조림과 물티슈, 치약 칫솔이 들어있었다. 이 와중에 누군가에게 이토록 위로품을 받아보긴 처음이라 갑자기 포만감이 밀려오면서 부자가 된 듯하다고 남편에게 말하니 "덕분에 횡재했네!"라고 했다.

쓰레기는 따로 분류해서 의료폐기물 봉투에 넣었다가 자가격리 끝나는 날 현관문 밖에 내놓으면 수거차가 와서 가져간다고 했다. 그때, 이웃이라도 보면 무어라 생각할까 하는 마음이 스쳐 불안감이 엄습해왔다. 의료폐기물 봉투에 프린트된 문양이 날카롭게 다가왔다.

새삼 놀라웠다. 20여 평 남짓한 공간에 문은 왜 이리 많은지

현관문, 중문, 방문 세 개, 베란다문, 화장실문, 창문에 창고문까지 온통 문, 문, 문이다. 한 번도 쓰지 않은 생필품과 아들아이가 분가하면서 남기고 간 추억 보따리가 천장을 뚫을 기세다. 문 속에 갇혀서 생활하게 된 것에 대해 압박감이 몰려왔다.

방 한편에는 겨울 점퍼가 무거운 듯 행거가 금세라도 쓰러질 듯이 기우뚱거리고 있고, 방바닥으로 바퀴벌레 한 마리가 스멀거리며 기어가다가 멈추고 죽은 듯이 있다. 여느 때 같으면 손바닥으로 탁 하고 내리쳤을 텐데 벌레도 나와 같은 신세로 느껴져 오늘만큼은 그냥 살려두기로 했다. 순간이나마 세상을 만끽하라고 말이다.

문밖에서 죽음의 그림자를 몰고 와 문안으로 들어섰으니 그 누가 말했던가. 문밖을 나가면 저승이라고 말이다.

나는 유서를 쓰기도 했다. 코로나19로 인한 사망률이 낮다고 해도 그 속에 내가 속할지 모르는 것이 미래이기 때문이다. 기저질환으로 인해 약을 복용하는 나이이고 보니 어찌 될지 알 수 없는 게 사람의 목숨이라 미리 써 놓는 것이 좋을 듯싶어서였다.

막상 유서를 쓰려니 지나온 삶이 반추된다. 구불구불 산길을 올랐는가 하면 울돌목에서 헤매던 순간도 있었다. 가시밭길 같은 인생길. 참으로 질긴 세월에 버팀목이 된 것은 문학의 힘이었다. 갈망하고 희망하고 성찰하며 인내할 수 있게 만든 문학은 스승이요, 등불이요, 길잡이였다.

단 하나 걱정되는 것은 내게 까칠한 삶을 살게 해준 남편을 아들들이 잘 보필했으면 하는 것이다. 영정사진도 예쁜 것으로 준비했다. 통장 비밀번호는 아들아이의 스마트폰에 카톡으로 보냈다. 행여, 치료받고 나오면 결제할 대금을 정리하기 위해서였다.

참으로 이상한 것은 초연해진 마음이다. 유서를 쓰고 난 후 마음이 편해지면서 걱정을 덜었다. 자가격리 중 고마운 것은 이럴수록 창작을 하면서 이겨내라고 격려해준 문우들 덕분에 수필 3편을 탈고했다.

섭섭한 것은 죽음 앞에서는 피도 통하지 않음이다. 격리 전에 내 집을 방문했던 친지들이 자신이야말로 "코로나19에 걸렸으면 어쩌나!" 하면서 연일 전화로 확인했기 때문이었다.

격리 마지막 날. 다섯 정거장 거리를 걸어서 구청으로 가 진료소에서 검사를 받았다. 그동안의 정신적 고통이 수반되어 현기증이 났지만 드디어 방문을 탈출하고 세상 밖으로 나갈 수 있다는 것이 이토록 흥분될 줄이야.

언덕길 따라 홍제천으로 접어드니 살아 숨 쉬는 것이 "아! 바로 자유가 이런 것이구나." 똥밭이라도 저승보다 이승이 좋다는 것을 이제야 비로소 실감할 수 있었다. (음성으로 검사 결과가 나왔다.)

역시 사람은 움직여야 좋은 것임을.

새로 태어난 듯했다.

시장 유감

　　서대문구 북가좌동과 경계선인 은평구 응암오거리 그사이에 언덕을 오르면 대림시장인 재래시장이 펼쳐진다.

　　한나절 방 안에 몸뚱이 누이고 뒹굴다가도 벌떡 일어나 시장에 가는 즐거움이 있기에 생동감이 살아있는 그곳. 각종 채소와 해물들, 건어물 가게와 잡화상, 난전에 펼쳐진 오이, 시금치, 무, 배추들이 오가는 이들에게 청량감마저 안겨준다.

　　장터에서 오가는 고객들을 상대로 물건을 파는 상인들의 함성, "아주머니, 덤으로 하나 더 드릴게. 오늘 물이 좋아 싱싱합니다." 등등 소리 높여 외쳐대는 그들의 음성이 어찌 들으면 고함 같은데도 싫지가 않다. 귓전을 윙윙 맴도는 소음이 구수하기까지 하니 오랜 시간 익숙해진 탓일까.

시장 좁은 골목은 튀김집, 순댓국집, 떡볶이에 잔치국수 먹자골목을 연상케 한다. 예전에는 좁은 쪽의자에 앉아 군것질할라치면 점잖지 못하다는 둥 상놈이나 거리에서 음식을 먹는다면서 아버지에게 꾸지람을 듣곤 했으나 지금에야 어디 그런 말을 하겠는가.

길거리 문화가 발달해서 들고 다니며 먹기도 하고 서서 먹으며 지나는 이들을 개의치 않는 시대에 살고 있으니 세상 참으로 많이 변했다. 나도 어느새 그 무리 속에 속해서 그 옛날 아버지의 꾸지람은 잊은 지 오래다.

어릴 적 보릿고개 시절, 구호물자 받아 입고 다니고 배급받은 옥수수를 머리에 이고 돌부리에 걸려 넘어지는 바람에 콧잔등의 화상 자국이 지금도 검게 남아있지만, 습관은 쉽게 버려지지 않나 보다. 유명 메이커보다는 거리에서 파는 고무줄바지에 마음이 가고 만 원짜리 한 장에 팬티 5장이 든 상자에 더 마음이 닿는 것은 추억의 그리움 때문인지.

마트에 가면 산더미 같은 상품이 넘쳐나고 상상을 초월할

정도의 아름다운 비닐 포장과 고급 레이스 달린 원피스가 마음을 현혹시킨다. 날마다 변화하는 시대 속에서 전화 한 통이면 어디든지 서비스 택배가 찾아온다. 하지만 털털하고 정감이 가는 재래시장으로 발길이 닿는 것은 정으로 이어진 사람들의 삶이 그곳에 있기 때문이리라.

현관문 걸어 잠그고 번호를 입력해야 열리는 이웃집과 내 집 사이에서 한 달이 가고 일 년이 지나도 옆집에 누가 사는지, 통성명하기는커녕 얼굴조차 모르고 살고 있기에 삭막함이 싫은 까닭에서 우울증마저 엄습해 오는 것이리라. 그렇기에 잠을 이룰 수가 없다는 둥, 층간 소음 때문에 다투기까지 하는 세상에서, 작은 것 하나라도 나누어 먹고 왕래하고 웃음소리 담 넘어가던 정겨운 옛날이 생각나 재래시장으로 발길을 옮겨 숨통을 트나 보다.

자판에 놓인 양말 한 다발을 집어 들고 생선 꼬리 손으로 치켜들며 "아저씨, 이것 싸 주세요." 하고 소리 질러대도 아무도 개의치 않는다.

반찬 가게 앞 솥단지 속에서 김이 무럭무럭 나는 옥수수 한

봉지 들고, 튀김집에서 오랜 친구와 수다 삼매경에 빠져들고, 명품 구제 집에서 이 옷 저 옷 입어 보며 희희낙락하는 재미.

이거야말로 바로 사람 냄새가 나는 삶의 현장에 와 있지 않은가.

3

경복궁 연가

경복궁 연가

     궁이 나를 부르는가. 불현듯 일탈을 하고 궁으로 발길을 옮긴다. 녹번역에서 3호선 전철을 타고 경복궁역에 하차하면 서울메트로전시관을 지나간다. 전시회를 감상하고 가면 운치가 있어서 좋다.

    전시관을 지나 석재로 만든 불로문을 통과한다. 불로장생한다는, 백수를 누린다는 그 문을 지나 지하 통로로 스무 발자국을 걸으면 이내 궁으로 통하는 마당이 나온다. 왼쪽 한편에는 고궁박물관이 있어 그곳에 들러 왕과 왕비의 연대표를 읊조린다. 태조 이성계가 1395년에 세운 경복궁, 설계는 정도전이

했다고 하는데 어찌 그리 정교하고 운치가 있는지. 전각 이름도 지었다고 하는 것을 볼 때 그의 예술적 감각이 대단했음을 엿볼 수 있다.

훗날에 태종 이방원이 부왕 태조보다 정도전의 비상함에 한 나라에 왕이 둘일 수는 없다 해서 못마땅해했다고 한다. 더욱이 왕자의 난에 의하면 태조 8년 1398년 8월에 쿠데타를 일으켜 이복형제인 세자 방석을 폐위한 후 죽이고 그를 옹호하는 정도전 일파를 참수했다는 것을 볼 때 이방원의 단호한 결단력이 무섭기까지 하다.

궁중 정치란 대의를 위해선 피도 눈물도 없다는 것을 보여주는 동시에 골육상잔이다. 피로 물든 경복궁에서 지내길 꺼려 했음은 시간이 흐를수록 죽임을 당한 자보다도 죽인 자가 겪는 아픔, 고통, 인간적 고뇌를 왕 또한 겪었음을 엿볼 수가 있다.

경복궁은 임진왜란 때 화재로 인해 불타 없어진 것을 고종이 다시 복원했다. 지금까지 보존되어 현대를 사는 우리에겐 여간 행운이 아닐 수가 없다. 조선 시대의 궁중에 최고로 권위가 있음은 종묘와 사직을 겸비하고 한양이라는 도시가 설계된 때문에 후에 지은 창덕궁, 창경궁, 경희궁, 덕수궁보다 귀히 여기기에 경복궁을 법궁, 정궐이라 한다.

풍수에 의하면 궁 북쪽으로는 백악산, 동북간에 북악산 서쪽은 인왕산이 있고, 궁문 왼쪽 고궁박물관 계단을 내려서면 넓은 뜨락이 펼쳐졌는데 그 앞에 보이는 아담한 봉우리가 보현봉인 듯하다. 뜨락에 서서 하늘을 향해 심호흡하면 온몸으로 정기가 솟구치는 것을 볼 때 명당임에는 틀림없다.

그러나 임금들이 경복궁을 기피하는 것은 아마도 향원정에서 정씨 일파를 참수한 것에 대한, 피로 물들인 궁이기 때문이리라. 훗날 명성황후도 향원정에서 일본군에 의해 시해를 당한 것을 볼 때 원혼이 물든 자리에는 그와 유사한 일이 생겨남은 업에 의해서인지도 모른다.

경복궁을 나와 세종로로 트인 길에는 세종대왕 동상이 서 있고, 이순신 장군이 앞에 서서 목멱산, 지금의 남산을 바라보고 있다. 목멱산의 기가 강해 화재가 빈번하다는 풍수에 의해

궁 안, 연못에 용으로 만든 조각상을 수장하고, 궁 앞에는 해태 상을 두 마리 세워 음양을 조절했다고 한다. 언젠가 그것을 물에서 꺼내고 동상을 옮기는 바람에 남대문에 화재가 났다는 말은 확인한 바도 아니기에 풍문으로 떠도는 이야기라도 재미있는 현상이다. 남대문의 화재는 방화에 의한 인재가 아닌가.

경복궁을 뒤로 해서 삼청동 가는 길목에 국무총리 관사가 있고 그 위로 청와대가 있다. 궁 앞에서 볼 때는 마치 어머니가 자식을 뒤로 숨겨 보호하고 길흉을 온몸으로 막고 있는 형상이라고나 할까.

신라, 백제, 고구려는 유적지로만 남아있다. 그러나 조선의 궁궐은 600여 년이 지난 이 시대에 현대인들 속에 함께 숨 쉬고 있다. 조상의 혼백이 있는 유택과도 같은 곳이라고나 할까. 고궁박물관의 왕과 왕비의 연대표를 찬찬히 훑어보면 자손의 뿌리와 연결되어 있음을 알 수 있다.

예로부터 대인은 자기 조상도 중요하지만, 원통을 뚫어야 위에서 아래까지 기가 원활하듯이 근본이 궁에 있음에 이 시대에 공존하고 있는 우리들은 모두가 궁의 자손이 아니겠는가.

이런저런 연유로 인해 궁 안으로 지신밟기를 하러 간다. 박물관에 들러 태조 이성계 초상화 앞에 서면 나도 모르게 '할아버지 제가 왔습니다.'라고 속삭이게 된다. 나야말로 전주 이 씨가 아닌데도 불구하고 그리 뇌까리게 되는 것은 아마도 전생에 궁에 있었던 것은 아닐까.

내 조상이 문방서원으로 왕의 족보를 만드는 일을 할 적에 정도전과 하륜이 서자라는 오명을 씻고자 기록에서 삭제해 달라고 간청을 했다고 한다. 그때 역사는 바꿀 수가 없다고 단호히 거절하는 바람에 자객에 의해 죽임을 당했다는 것을 볼 때 그 영혼이 내게로 빙의되어 궁을 떠돌게 된 것인지.

참으로 이상한 것은 태조의 초상화를 마주할 때마다 시시각각 변함을 감지하는 것이다. 웃는 용안으로 때론 지그시 쳐다보기도 하고, 어느 때는 안개가 낀 듯이 뿌옇게 보이기도 한다. 샤먼적 기질 때문인지 근정전에 다가가면 용좌에 젊은 왕이 앉아 있거나, 나이 지긋한 왕의 모습이, 때론 어린 왕으로 보이기도 한다. 영상 속의 영혼이 떠도는 것인지, 아니면 상상으로 그려지는 것인지.

태교전을 돌아 왕비의 후원을 거닐다가 온 날 밤에는 그곳을 뛰어다니다가 넘어지는 꿈을 꾸기도 하고, 다음 날 어김없이 다리를 절룩거리기를 사나흘, 약을 써도 효험이 없다. 무심히 찾은 궁, 그 자리에서 통증이 완전히 사라지기도 함은 참으로 신비스럽다.

"향원정에 오르면 옥색 도포에 갓 쓴 선비가 갈지자걸음으로 걸어가면서 임 그리워 찾아온 길, 비는 내리고 연못 속의 연꽃만이 무심하네."라는 시구가 읊어지다가 그런 연유로 인해 송강 정철 400주년 기념 백일장에서 당선되기도 했다. 물론 궁 안에서 행사를 치렀다.

어쩌면 향원정에서 참수당한 정도전의 일파와 명성황후의 혼이 내게 지침서를 주는 것인지도 모른다. 향원정 옆 민속박물관에는 사람의 일생에 대한 생활상, 풍속, 혼례, 제례, 삶과 죽음에 이르기까지 모든 것이 전시되어 있다. 그 안에 복개당이라는 나무 현판 아래 그 옛날 세조를 신으로 받들어 모시고 부귀장수를 염원하던 무구가 진열되어 있다. 무속인의 납 인형도 있어서 벽면에 설치한 화면에는 황해도 굿을 하는 김금

화 만신이 빙글빙글 돌아간다.

　나도 가던 길을 멈추고 복개당 앞에서 나라의 부흥과 개인의 안녕을 염원해 본다. 궁에 자리 잡은 조상을 기리고 비 오는 날, 눈 오는 날의 궁 풍광을 즐기러 마음 닿는 대로 지신밟기를 하고 싶다.

계단

택시를 타고 서울역 광장을 막 지나칠 무렵, 차창 너머로 비쳐진 작은 건물 한 채에 시선이 꽂혔다. 하늘 높은 줄 모르고 치솟은 빌딩 옆으로 마치 혹처럼 붙어있는 3층 건물. 그곳 외벽에 있는 계단이 특이하다.

여느 계단 같으면 벽과 벽 사이에 놓여 있거나 건물 안에 있는 것이 당연한데, 더구나 콘크리트로 만들어진 층층대가 한쪽 벽에 붙어 다른 한쪽은 오르내릴 때 붙잡는 손잡이 난간도 없다. 자칫 발이라도 헛디딜라치면 낭떠러지로 떨어지는 셈이다.

더욱 희한한 것은 3층 맨 꼭대기 위에 두 남자가 어깨동무를 하고 한 손으론 서울역 광장을 향해 손짓하고 있고 계단 아래에는 노숙자 차림의 남자가 보따리를 가슴에 낀 채로 쪼그려 앉아있다. 위의 두 남자는 천국의 계단에 오른 듯하고 아래 한 남자는 지옥을 연상케 하는 듯하다.

내가 그 광경을 택시 안에서 보게 된 것은 참으로 찰나였다.

계단 위 두 남자는 무엇이 그리 즐거운지 웃음소리가 차창 안까지 들려왔으니 고향 이야기라도 하는 걸까. 그들도 한때는 다정했다가 다투기도 하면서 층층대의 높이만큼 우정을 쌓아왔으리라.

어찌 좋은 일만 있었겠는가. 살다 보면 삶이 苦라고 하지 않았던가. 어떤 길을 선택하고 어느 방향으로 나아가는가에 따라 인생의 척도가 판가름 나는 것이지만 때론 원치 않았던 일들이 닥쳐와 고난과 번민 속에 좌절하고 실망하지 않는가.

그런 의미에서 볼 때 계단 아래 보따리를 끼고 잠들어 있는 이는 어쩌다가 노숙 생활을 하게 되었는지. 그도 한때는 단란한 행복이 있었을 터이고 한 가정의 충실한 아버지였는지도 모른다. 어떤 여유로 인해 저런 상황이 되었을까. 방탕했든 방황했든 간에 그를 탓할 수는 없으리라.

아이러니하게도 계단 위의 남자와 계단 아래 남자의 모습이 흑과 백을 보는 것 같아 가슴이 먹먹하다. 나 또한 삶에 있어서 택한 길이 옳은 것인지. 앞만 보고 달려왔던 날들이 과연 사람다운 깊이 있는 인생을 살아왔는지 잘 모르잖은가.

주어진 일에 최선을 다해도 내 삶만이 의미 있는 것이라고 말할 수는 없으리라. 어떤 모습으로 살아왔든 살아갈 날보다 죽음으로 향하는 날이 더 가까워지는 시점에서 잠시 발걸음을 멈추고 뒤를 돌아봐야 할 것 같다.

수많은 날들, 세월 속에 만난 인연들.

좋은 글을 쓰고자 원고지 앞에서 방황하던 순간들. 비록 베스트셀러 작가는 되지 못했더라도 문학에 대한 열정으로 나를 갈구하고 성찰하고자 함에 있어 문학은 나의 정신적 지주 역할을 했기에 어둡고 어려운 삶이라도 희망을 간직하지 않았던가. 만일 내가 문학을 하지 않았더라면 성찰하고 인내하는 삶을 살았을까.

살아가는 데에 있어서 밟아야 할 차례나 순서를 거쳐야 함에 택시 안에서 스쳐간 계단이야말로 한 계단씩 지르밟는 것이 인생과 같은 것임을 이제야 깨닫게 해준다.

그래서 불가에서는 중에게 계를 닦게 하려고 흙과 돌로 쌓은 단으로서 단단하고 평탄한 층층대를 쌓고 오르내리며 도를 갈고 닦으라고 하는 것이라고 한다. 절 앞에 세운 돌기둥에는 절에 파, 마늘, 술을 먹고는 들어오지 못한다는 글귀를 새겨 넣은 계단석이 있다. 조심하고 주의하자는 의미에서 경계하다의 계戒와 단단하고 평탄할 탄壇을 쓰는 것이다. 수계를 행하는 도량으로 여겨 108배, 108계단, 108염주는 번뇌를 소멸하며 살아가는 데 있어서 참된 이치와 도를 이루고자 계단을 지르밟는 것이리라.

하루에도 수십 번씩 오르내리는 계단.

층층대를 지르밟을 때마다 어떻게 살아가야 하는 것이 옳은 것인지 곰곰이 생각해 봐야겠다.

인연 속의 사랑

　　'해동의 요순'으로 불리는 세종, 훈민정음 창제라는 불후의 업적을 남긴 세종이기에 만 원짜리 지폐에 새겨져 삶을 풍요롭게까지 하신다. 호랑이는 죽어서 가죽을 남기고 사람은 죽어서 이름을 남긴다고 조선 시대에 왕 중의 왕이신 세종대왕이 아니신가.

　　태종 이방원과 원경왕후 민씨의 셋째 아들로 태어나 22살에 경복궁 근정전에서 즉위하고 왕위를 계승받았다. 그때가 태종 18년 8월 8일이라고 한다.

　　태종이 결단력 있는 정치로 다져놓은 반석 위에 오른 셈인데 경복궁을 기피하는 부왕과는 달리 집현전을 두어 인재를 양성하고 중국 사신 접대와 문무과 시험을 치르고 학술연구를 했다. 강녕전 옆에 흠경각을 세우고 장영실 등이 만든 천문의기를 설치, 학문·과학 연구를 사정전훈의로 발간했다는 왕의 업적이 박물관에 소장되어 이 시대를 빛내고 있다.

나 또한 수필이라는 창작 아래, 우리말의 소중함과 언어 문자로 상대의 사고와 생각, 철학을 표출해내고 소통하게 해주신 세종대왕을 뵙고자 여주로 발길을 돌렸다. 강남 고속버스터미널에서 한 시간 반 거리에 있는 여주는 예로부터 땅이 기름져서 여주 이천 쌀로 유명하다. 임금님께 진상품으로 올렸다고 하니 그곳 또한 명당 중의 하나이리라.

사람의 생명을 연장하기 위한 의식주 속에 가장 소중한 것이 잘되는 것이야말로 축복받은 일이 아닌가. 그런 까닭에서인지 세종의 묘가 광주에 있다가 지금의 경기도 여주시 능서면 영릉로 243번지로 옮겨 갔다.

세계문화유산인 영릉은 소헌왕후와 합장묘로서 능침 주위로 12간의 난간석을 둘러 웅장하기까지 하다. 조선 왕릉 최초의 합장릉인 영릉은 제3계로 되어 있어 1계에는 상석 양측에

망주석 1쌍 3면의 곡장이 있다. 2계에는 문인석과 마석 각 1쌍이 배치, 중앙에 명등석 1좌가 있고, 3계에는 무인석, 마석 각 1쌍이 문인석의 예와 같이 배열되어 있다.

신비는 영조 21년에 세웠다는데 조선국 세종 대왕영릉 소헌왕후 좌라 쓰여 있다. 참으로 이상한 것은 세종대왕 묘에 삼배하고 '위대한 왕이시여, 한글의 기를 내리시어 내게 창작의 열을 높여 주시고 극락왕생하소서.'라고 염원했는데 갑자기 소헌왕후의 단아한 모습이 영상으로 비춰지면서 슬픔에 사로잡혔다.

신비로운 것은 집으로 돌아오던 중, 강남 고속버스터미널에서 택시를 탔는데 카스테레오를 통해 마침 소헌왕후 심씨에 대한 방송이 나왔다. 귀를 기울이니, 태종 이방원이 외척 세력이 강해지면 정사를 어지럽힌다고 심 씨 왕후 친정을 참수하고 왕후는 자식을 8명이나 낳고 시아버지인 부왕을 잘 섬기니 살려두기로 했다는 것이다. 옛날이니까 삼족을 멸한다고 했지, 어디 지금 같으면 가당키나 한 일인가.

아하! 그래서 심 씨 왕후의 슬픔이 내게로 전이된 걸까. 더욱이 희한한 것은 여주에 갔다 온 날 그림 한 점을 주문받았는데 그 또한 심 씨였다.

영등포에 사는 심 여인이 갑자기 두 눈이 안 보여 병원에 가도 병명이 안 나온다고 했다. 나 역시 그날 이후로 다리를 절고 등이 욱신거리고 두 눈에 안질이 걸린 듯 뿌옇게 보여 고심하던 중이었다.

세종이 신병 치료를 위해 효령대군의 집과 부마인 안맹담의 집, 영응대군 집을 전전하셨다. 안질과 다리를 제대로 쓰지 못하는 병으로 고생하시다가 54세를 일기로 영응대군 집에서 타계하셨다는 것을 볼 때 영혼이나마 아픔을 통해 위로받고 싶으셨는지도 모른다. 세종대왕의 영혼이 빙의되었는가 하는 생각에 젖어 들어서 경복궁을 돌아 종묘에 갔다가 지신밟기를 하고 기도한 후에 다시 여주로 향했다.

심 여인에게는 어쩌면 내가 빌고 오면 나을 성싶다는 예감이 든다고 하니 그녀 또한 감사하다는 인사와 함께 돌아갔는데 다음 날 통증이 사라진 것은 귀신이 곡할 노릇이다. 그 후, 여주를 이틀이 멀다 하고 왕래하였고 영릉과 조금 떨어진 효릉을 찾았는데 그때 인기척 없는 산속에 보슬비까지 내리는 통에 이름 모를 짐승인지 새소리인지 후다닥 놀라서 혼비백산한 것을 생각하면 지금도 등골이 오싹하다.

그날부터 만나는 이마다 전주 이 씨 효령대군파요, 창녕대군파요, 청송 심 씨요, 온통 세종과 혈연관계인 자손들이었는데 마침 도예가요, 수필가인 심상옥 선생도 그때 인연을 맺게 되었다.

그런 인연으로 궁으로 돌고, 다시 영릉으로, 그곳에 인접한 명성황후 생가를 방문했다. 신륵사에 가서 염원하던 중 심 선생이 세종문화회관에서 노산문학상을 받게 되었다. 그날 우연의 일치인지 세종대왕의 동상 개막식을 경복궁 앞, 세종문화회관과 가까운 거리에서 행하니 어쩌면 세종과 소헌왕후 심씨가 동상을 세우는 동시에 천도제를 지낸 것이 아닐는지.

인연은 묘해서 불가사의한 일도 경험함에 세종대왕의 훈민정음을 바탕으로 부디 좋은 글을 남기게 허락하시옵고 당신의 위대한 업적이 영원불멸하길 믿으면서 왕이시여, 부디 극락왕생하소서!

황학골 연가

녹사평역에서 하차해 네거리에 서면 왼편에 깎아지른 듯한 언덕이 있다. 그 위로 카페와 음식점들이 올망졸망하고 영문으로 표기된 간판들이 알록달록, 지나는 이들을 유혹한다. 벼랑 위에 세워진 별장처럼 밤에는 네온사인 불빛이 참으로 아름답다.

녹사평에서 이태원역으로 이어져 하얏트 서울 호텔까지는 과거와 현재가 공존하는 거리이다. 일제 강점기에는 일본군이 주둔했고 광복 이후에는 미군이 주둔하게 되며 자연 외국인 밀집 거주지가 되었고 호텔이며 음식점이며 상점들이 외국인을 위주로 하다 보니 외국풍으로 이국적이 되었다고나 할까.

나 또한 아이쇼핑하러 이태원을 자주 찾게 되고 예전에는 데이트 장소로도 왔고 친구와 만남의 장으로도 왕래했었다.

하지만 이태원의 유래에 대해선 문외한이었다. 옛날에는 황학골이라고 불렀는데 그 당시에 운종사라는 절이 있었고 그곳에 비구니들이 머물고 있었다. 임진왜란 때 일본군이 쳐들어와 절에 머물면서 비구니들을 강탈했고, 떠나면서 불까지 지른 바람에 비구니들은 융경산 부군당 아래에 토막집을 짓고 살았다고 한다. 그때 비구니에게서 생겨난 아이를 마을 사람들은 이태異胎라고 불렀고 이것이 전해 내려오면서 이태원으로 불리게 되었다니, 일본군의 만행이 얽힌 황학골의 비극사가 아닐 수 없다.

이태원에 그런 슬픈 역사가 숨어 있을 줄은 지금껏 몰랐기에 여흥을 즐기러 갔던 지난날의 내가 그저 부끄럽다.

그렇다면 부군당은 마을 당굿을 하는 곳인데 얼마 전에 경복궁 내에 있는 민속박물관에서 당굿에 관한 사진전을 관람한 적이 있잖은가. 그때, 고 김수남의 사진전이었는데 샤머니즘에 관한 작품이라서 눈여겨보았었는데 호기심이 생겨났다. 이태원 부군당은 400년이 되었다는데 지금까지도 전해 내려오고 있음을 문헌에서 본 것도 내게는 행운이라 할 수 있다.

비구니가 머물던 융경산은 녹사평역 산언덕이 아닐까 하는 추측마저 일어 찾아 나서기로 마음먹고 주위를 둘러보던 중, 그만 깜짝 놀라고 말았다. 앗! 이제껏 이곳을 수없이 다녔어도 왜 몰랐을까. 바로, 카페가 있는 산언덕 위에 이정표가 바람에 나부끼는데 유관순길이라고 적혀 있었다.

평소에 유 씨와 차 씨를 종씨라고 부르고 호적상으로 혼인도 할 수 없기에 늘 유관순 순국열사를 기리는 마음을 갖고 있었다. 그런데 이곳에서 만나다니 갑자기 가슴이 두방망이질 치며 콩닥거리기 시작했다.

발길은 자연 이정표를 향해 걸어갔고 좁은 골목을 지나 가파른 주택가를 올라가니 유관순길이 끝나는 시점에 부군당 역사 공원이 있었다. 부군당은 유교적 제례라기보다는 당굿을 하는 무속에 가까운데 어떻게 그곳에 유관순 추모비가 세워져 있는 걸까.

조선 시대에 관아에서 2~3평 남짓하게 사당을 세우고 마을의 안녕을 빌었다. 솟을대문에는 삼태극을 그리고 사당에는 나무로 깎은 남근과 종이돈을 돌돌 말아 줄에 꿰어 매달았고 부군 할아버지와 할머니 두 분을 모시고 제를 지냈다고 한다. 사당 안에는 산신, 장군신, 대동어른 대감, 칠성 제석 등의 화상을 탱화로 그려 모셔져 있는 것이 특징이다.

금기시하는 것도 많고 기가 강해 외부인이 함부로 출입할 수 없고 그곳의 나무도 꺾으면 화를 입는다. 옛날에는 말 타고 지날 수도 없고 상여도 지날 수 없으며 소피도 볼 수 없었다고 한다. 제를 안 지내도 화를 입는다니 어찌 이토록 신성하고 음양의 조화가 있는가.

소녀의 몸으로 독립만세를 외치고 아우내 장터에서 태극기를 나누어 주며 독립운동 하다가, 일본 헌병에게 잡혀 서대문 형무소에서 모진 고문에도 뜻을 굽히지 않고 순국한 열사의 추모비가 부군당에 함께 자리 잡은 것은 열사의 기상이 높기에 기가 강한 이곳에 세워져서 음양이 화합한 부군신의 보호를 받는 것이 아닐까.

아니면, 부군당 앞에 전망대처럼 탁 트여 왼쪽에는 63빌딩,

미군기지와 용산이 있고 오른쪽에는 인왕산과 남산 목멱산이 자리 잡고 그 아래 한강이 유유히 흐르는데 한 평의 감옥에서 머리도 둘 수 없는 좁은 곳에 갇혀서 고문에 의해 죽임을 당한 열사의 혼백을 위로하고자 함이 아닐까.

이화학당에서 열사의 시신을 모시고 정동교회 김종우 목사가 장례식을 거행했다고 하는데 참으로 아이러니한 것은 당굿을 하는 부군당에 관련이 있는 것이다. 영혼을 기리는 데 있어서는 종교를 초월한 것일 게다.

추모비에는 유관순 열사의 유언이 새겨져 있다.

내 손톱이 빠져나가고 내 귀와 코가 잘리고 손과 다리가 부러져도 그 고통을 이길 수 있으나 나라를 잃은 고통은 견딜 수가 없습니다. 나라에 바칠 목숨이 오직 하나밖에 없는 것만이 이 소녀의 유일한 슬픔입니다.

나는 그 비문을 읽으며 가슴으로 통곡했다. 열사의 피로 얼룩진 이 땅 위에서 과연 무엇을 하고 어떤 마음가짐으로 살아

있으며 두 발로 당당히 걸을 수 있는가. 나라 사랑하던 독립투사 그분들의 위대한 영혼을 위해 남은 날들을 보답하며 살아갈 수 있겠는가.

열사들이여! 진심으로 감사합니다.

나는 경건한 마음으로 부군당을 뒤로한 채 경리단으로 발길을 돌렸다.

바람이 분다

법정 스님의 화두. 무소유는 어떤 의미인가.

사람으로 태어날 때 고고한 울음소리와 함께 두 주먹 불끈 쥐고 세상 밖으로 나오게 됨은 '온 천하가 내 주먹 안에 있소이다.'를 일컫는 것이라고 누군가가 말했듯이 존재함과 동시에 소유 속에 있다. 공기 중에 떠도는 먼지, 티끌 하나라도 사람과 함께한다. 자연은 그 자리 그대로 무심히 있어도 소유 속에 소유하지 않고 소유하지 않아도 소유하는 중용을 스님은 지침서로 주시는가.

바람이 인다. 성북동에 있는 길상사. 그곳은 법정 스님이 길상화라는 법명을 가진 고 김영한 님에게 시주 받아 닦은 절이다. 풍광이 아름답고 산수화를 펼쳐 놓은 듯한 정원이 있는 길상사는 예전에는 대원각이라는 한식당이었다.

대원각 주인인 김영한은 16세 때 금하 하규일의 문하에서 진향이라는 이름으로 불린 기생이 되었고 38세 때에 천재 시인 백석을 사랑하기도 했다. 백석 또한 모친이 기생이었기에 동병상련의 애틋함이 있었으리라.

시인이 월북했기에 늘 임이 그리워 해바라기로 일생을 바친 그분이 중앙대 영문과를 졸업하고 『선가 하규일 선생 약전』을 저술하기도 한 재원이었다. 백석이 지어준 '자야'라는 이름으로 불리길 바랐던 그녀가 법정 스님의 무소유라는 책에 감명받아 7천 평이나 되는 대원각 터를 시주했고 스님은 그분에게 길상화라는 법명을 지어주었다.

길상화, 길에 핀 꽃이라는 의미인데 누구나 바라보고 만질 수 있고 꺾을 수 있는 기생이라는 신분을 지칭해서 그렇게 지은 것일까. 스님이 길상화로 한 것은 모진 풍상에서도 고고하고 청초함으로 인내했기에 그런 뜻에서인지도 모른다.

예로부터 요정이라 함은 장안에서 내로라하는 호색가들이

찾아들어 풍류를 즐기던 곳이었기에 그런 삶 속에서도 떠나간 임에 대한 애절함으로 자신이 죽은 뒤에 눈발이 흩날리는 날 뒤쪽 언덕에 뿌려 달라고 하지 않았겠는가. 여인의 유언에 따라 지금의 길상헌 뒤쪽 언덕에 육신의 재를 뿌리고 공덕비를 세웠는데 남근의 형태이다. 아마도 찾아온 객들이 떠나면 여인네들이 홀로 남은 자리, 그래서 음양의 이치 속에 세운 것인지 다른 한편으론 백석을 상징해서 애달픈 넋을 달래기 위함에서인지.

비록 시인과 여인이 몸은 떨어져 있었어도 정신적 사랑으로 버티어 왔음을 백석 시인의 시를 통해 엿볼 수가 있다. 어쩌면 시인이 돌아올 날을 손꼽아 기다리면서 숲을 가꾸고 정원을 꾸미고 수십 개의 방갈로를 지으면서 고뇌한 것인 것 같다.

백석 시인의 본명은 백기행으로 공덕비 옆 작은 팻말에 그의 시가 〈나와 나타샤와 흰 당나귀〉라는 제목으로 적혀있다.

가난한 내가
아름다운 나타샤를 사랑해서
오늘밤은 푹푹 눈이 나린다

나타샤를 사랑은 하고

눈은 푹푹 날리고

나는 혼자 쓸쓸히 앉어 소주를 마신다

소주를 마시며 생각한다

나타샤와 나는

눈이 푹푹 쌓이는 밤 흰 당나귀 타고

산골로 가자 출출이 우는

깊은 산골로 가 마가리에 살자

눈은 푹푹 나리고

아름다운 나타샤는 나를 사랑하고

어데서 흰 당나귀도

오늘밤이 좋아서

응앙응앙 울을 것이다

  *출출이 - 뱁새 / 마가리 - 오두막집의 방언

바람이 불던 날, 법정 스님도 타계하셨다. 살아생전에 정토 구현을 위해 얼마나 많은 날들을 기도하셨겠는가. 영면하시면서 미처 떠나지 못한 영혼들을 모두 해원하게 하셨으리라. 이제야 나는 길상사를 찾아 죽은 영혼들을 위해 염원한다.

  야생화가 만발한 언덕길을 따라 진영각으로 향한다. 진영각은 스님의 유품과 초상화가 모셔진 사당이다. 사당 한편에는 유택이 있는데 어림잡아 높이가 50cm쯤 됨 직한 작은 탑이 세워져 있다.

조심스레 문을 열고 들어서면 스님이 나를 반긴다. 만상의 모습으로 보이는 것은 이미 열반한 부처이시다. 진영각 아래 오른편에는 김영한, 그분의 공덕비가 내려다보인다.

작은 폭포가 있어서 반가부좌상의 부처님이 여유롭게 앉아 있다. 부처를 향해 발길을 돌리는 나는 무심코 입속으로 중얼 거렸다. '죽은 이들이여! 이곳이 그 유명한 요정이었으니 저 승길 떠나기 전에 한바탕 신명 나게 놀다 가시구려! 북망산천 가는 길이 멀고도 험하다는데 평생토록 풍류 한 번 즐겨보지 못한 영혼들이여, 가던 걸음 멈추시고 한 풀고 가시옵소서.' 라고 말이다. 나 역시 기생이 된 듯 나빌레라 밤에만 활짝 피는 박꽃처럼 요염한 자태로 덩실덩실 춤을 추면서 훨훨 날아오르 는 환영에 사로잡힌다. 귓전에 사랑하던 이들의 노랫가락이 들려오는 듯한데 길상사에 머물던 넋이던가.

나비와 코끼리

나비 한 마리가 날아왔다.

주방 안으로 날아들어 나풀거리는데 어찌나 큰지 천장을 뒤덮는다. 황금색 날개에 흰점이 박혔고 그 날개 끝을 아버지가 부여잡고 두둥실 떠 있다. 바닥에 닿을 듯 말 듯 오르락내리락 하는 아버지를 향해 내가 소리쳤다.

"아버지 날개 부러지니 빨리 내려오세요."

그제야 내 말을 들으셨는지 아버지께서 나비를 놓아주었는데 어인 일인지 순식간에 사라져 버렸다. 그 순간, 황금빛 나비는 청색을 띤 호랑나비로 변하면서 몸은 긴 코를 늘어뜨린 코끼리로 바뀌었다.

이럴 수가! 깜짝 놀라 깨어보니 꿈이었다. 참으로 신비롭고 오묘한 꿈이다. 나는 벌떡 일어나 앉은 채로 한동안 멍하니 그냥 그렇게 앉아 있었다.

요즈음 중국 드라마인 '후궁견환전'에 흠뻑 젖어 들어서 그런 꿈을 꾼 것일까.

청나라 옹정황제에게 순수하고 영원한 사랑을 일깨우기 위해 견환이 추운 겨울날 망토 속에 나비를 가득 담아 황제 앞에서 활짝 펼치니 망토 속에서 수십 마리가 날아가는 그 광경은 어찌나 아름답던지. 드라마가 끝난 후에도 잊히질 않더니 무의식이 표출된 것인지도 모른다.

그것도 아니라면 얼마 전에 바라춤을 추는 고승 이야기를 듣고 그분을 해원하고자 화폭에 그려 넣은 나비가 꿈속에 환생한 것일까. 내가 그린 호랑나비가 몸도 길고 청색과 보라, 남색이 어우러진 나비이고 보면 어쩌면 부처께서 나비의 몸을 빌려 일깨우고자 오신 것이 아닐까.

더욱이 오래전에 세상을 뜨신 아버지도 나비 따라 두둥실 춤을 추는 것은 어떤 연유인지. 나비는 몽환적이요, 잊을 수 없는 영혼의 사랑을 의미함에 나비 연을 띄우며 내세에서도 영원히 사랑하고 맺어지길 기원하는 것을 볼 때 영혼과 영혼이 결합하는 부모와 자식 간의 천륜의 사랑을 가르쳐 주려고 아버지가 오셨나 보다.

가톨릭에서 종부성사를 받으신 아버지가 샤먼적인 내게 종교를 초월해 하늘은 하나임을 일깨워 주신 것인지도 모른다. 선한 삶 속에 마음을 다스리고 정도를 지키면 중용에 다다를 수 있음을 꿈을 통해 보여주는 것일까.

황금빛은 재물과 재수를 상징함이요, 호랑나비는 운수대통을 의미하는 것을 볼 때 나비 몸 또한 코끼리로 화함은 부처를 나타냄에 바라춤을 추었던 고승이 내게 불법을 가르쳐 주심이리라.

불가에 의하면 보현보살은 문수보살과 함께 일체 보살의 으뜸이 되어 생명 관장하고 재수와 복덕을 나누어 준다. 선과 악을 구별하게 하는 아무리 힘겹고 어려워도 세상에 존재하는 중생들을 모두 받아들여 보살피는 역할을 하는 중생 구제와 실천을 하는 보살로서 코끼리를 타고 다니셨기에 그런 모습으로 내게 깨달음을 주고자 하심인지도 모른다.

환몽적 세계를 노니는 유랑객의 화신이라는 나비. 영혼을 이어주고 죽은 이에게 최상의 춤을 선사하고 무중력 상태에서 훨훨 날아올라 초자연적인 능력을 보여주는 나비야말로 처절한 진통을 겪으며 탈바꿈하는 40여 일간의 번데기에서 성충으로, 성충에서 나비가 되는 것은 우리네 인간사의 삶과 무엇이 다르랴.

짧은 기간 동안 완전한 탈바꿈으로, 자연과 조화를 이룬 최고의 완성품으로 이 꽃에서 저 꽃으로 행복을 따라 사랑을 전도하는 춤은 신의 영역이 아니고 무엇이랴.

이제, 나비 꿈을 통해 코끼리가 나타남은 부처께서 피폐해져 있는 내 마음과 삶을 다시 한번 정화하라는 의미가 아닐는지.

허상과 실체

깨달음은 무에서 유를 창조함인가.

창세기에서부터 무에서 창조된 것이 유이고 보면 모든 세상 이치가 무에서 유이잖은가. 사람이 살아가면서 그만큼 복잡 다단함에 필요한 것을 누리고 살다 보면 무보다는 유가 더 가까워졌기에 오히려 무를 추구하고자 다시 원점으로 가고 싶어 하는 것인지.

이젠, 명상을 통해 마음의 찌꺼기를 털어내고 선을 향해 깨달음의 길로 접어들고자 애를 쓰는 것 또한 사실이다. 사람에게 필요한 도구들이 오히려 부담스러워질 즈음에 어찌하여 믿음은 점차 보이는 쪽으로 기우는 걸까.

그 옛날 고즈넉한 산사에 저녁 예불 종소리하며 작은 암자를 향해 발을 내딛는 소박한 이들의 발걸음은 어디로 간 곳 없고 대웅전에는 집채만큼이나 커다란 불상을 세우기 위해 천년을 하루같이 중생구제 위해 미소 지으며 그 자리에 앉아 있는 부처를 마다하는가. 저마다 번쩍거리는 그래서 하늘이라도 뚫을 듯이 큰 금불상을 찾아 삼배를 하는 것인지.

신탈라께서는 왕자의 몸으로 고행을 자처해 보리수나무 아래에서 깨달음을 얻었거늘 그래서 물질이 아닌 정신의 우담바라를 꽃 피웠거늘. 부처를 기리는 현세의 사람들의 정성은 오히려 붓다의 모습을 물질로 나타내고자 함인지.

일주문을 웅장하게 세우고 그 위에 유명한 이들의 이름이 적힌 종이등이 바람에 나부끼고, 천년을 하루같이 중생들의 갈 길을 인도하신 작은 부처상 대신 새롭게 단장한 웅장하고 거대한 그래서 수십억 원을 들여 만든 부처상 앞에 엎드려 조아리면서 무엇을 갈구하는 것인지.

믿음은 보이는 곳에 더 가까운 것이 아닐진대 마음속에 마음이 마음을 버리고자 함에서 있는 마음으로 깨닫고 행함인데 과연 붓다께서 오래된 작은 부처상에서 새로운 호화로운 부처상으로 옮겨 앉게 되시는가.

붓다께서는 저 살랑이는 바람을 타고 구름 사이를 비집고 떠오른 태양 속에도, 쏟아져 내리는 폭우 속에도, 영롱한 이슬에도 인적이 드문 오솔길에도, 그곳에 홀로 핀 작은 꽃에서도, 새벽길 피어오르는 아지랑이 속에서도, 불꽃처럼 타오르는 사랑 속에서도, 아가의 우렁찬 울음소리에도, 노인의 주름진 미소에도 피어나 늘 언제나 관조하면서 그림자처럼 곁에 계시거늘 어찌하여 만들어진 형체를 보고서야 믿으려 하는 것인지.

그래서 세인들은 "불상이 어디 있습니까?"라고 물으면서 확인하려고 하는 것인지. 오히려 아무것도 없는 빈 공간에 부처께서 존재하고 있는 것이 아닐까.

무에서 유를 창조해 결국 무로 돌아가듯이.

터와 사람

터는 사람과 밀접한 공간이다.

의식을 해결하는 자리이기도 하고 재해를 막아주고 보호해 주는 보금자리이기 때문이다.

원시적일 때 맹수로부터 보호하고자 집을 짓고 터전을 일구고 생존과 번식으로 성장하던 자리가 점차 변모한 것인지, 터자리가 좋아야 출세하고 부를 누린다고 생각하게 되어 명당자리를 찾게 되었는지도 모른다.

물론 척박한 자리에서 식물이 자라지 않고 수맥이 흘러도 영향받아 살기 힘든 일도 있고 보면 무엇이든지 적당한 것이 좋음을 알 수 있다.

허나 지구상에 있는 땅덩어리는 그대로인 데 비해 인구는 날로 팽창함에 서로가 좋은 곳을 찾고자 애를 쓰는 것도 사실이다. 그런 의미가 발전해 비옥한 땅에 멋진 집을 짓고 과시하는가 하면 투기가 판을 치기도 하는 세상 속에서 그 옛날 무덤자리가 지금은 빌딩 숲을 이루고 아파트 단지가 형성되기도 했다. 새만금 사업으로 바다를 메꾸어 집을 짓는 현실 속에서 과연 명당이 필요한 걸까.

언젠가 하남시에 있는 흉가를 찾은 적이 있다. 논 한가운데 위치한 그 집은 밤마다 귀신이 출몰한다 해서 이사 온 사람마다 살기가 힘들어 원인 모를 죽음의 릴레이가 반복되는 곳이었다.

그런 곳이 몇 해가 흐른 뒤에 도시 계획 속에 땅이 갈아엎어지고 그곳에 APT 단지가 들어섰다. 현재 알콩달콩 모여 사는 이들은 그 터가 흉가가 있던 자리임을 알 수 있겠는가. 그런 의미에서 볼 때 아무리 척박한 터라도 갈고 닦아 살아나가는 것은 사람이 먼저임을 알 수가 있다.

삶을 영위하다가 생을 마감한 후에 영혼은 우주 속으로 날아가고 육신의 껍데기만 한 줌의 재로 흙이 되어 사라짐에 명당 운운하면서 묫자리에 연연함은 결국 산 자들의 또 다른 욕심인지도 모른다.

무덤 위에 집을 짓는 이 시대에 사람이 터를 누르고 그곳에 평온과 안락함 속에 살아간다면 그 자리야말로 명당이 아닐까.

바다에 서다

음양이 맞닿는 곳.

수직인 하늘과 수평인 바다가 만난 축의 끝자리엔 피안의 세계가 있다. 바다는 여심의 마음을 흔들어 놓기도 하고 잠재우기도 한다. 때론 강인하고 권력에 대한 야심을 갖게도 하는 부드럽고 폭풍우 같은 정적과 동적이 합쳐져 있다.

정적인 물이 율동적으로 움직이며 바람을 만나 거친 파도를 일으키는 역동적임에 두려움과 경이로움이 한꺼번에 밀려온다. 출렁이는 대해大海의 파도처럼 파문이 일며 크고 작게 밀려갔다가 밀려오는 우리네 인생사 같은 바다.

나는 산보다 바다를 좋아한다. 특히 파도가 부드럽게 다가

오는 길게 펼쳐진 은빛 모래사장이 아름다운 부산 해운대를 즐겨 찾는다. 그곳에 가면 맨발로 걷는 상쾌함이 있다. 도심의 어지러운 일상을 떨치고 혼자 걷는 홀가분함이 있고 옛 추억을 그리는 아름다움도 있다.

하지만 내 어머니의 피란 시절. 옷가지 서너 벌과 바꾼 양쌀로 생계를 꾸려나가던 아픔이 묻어난 곳이기도 하다. 용두산 언덕에 천막 치고 실향민의 안타까움을 겪던 시어머님의 애환도 곁들여 있어 전쟁의 고통을 모르는 나이지만 두 분들의 애달픈 과거를 상상하며 바닷가를 걷곤 한다.

사랑하는 이와의 재회와 이별이 교차되는 바다는 내게 상처를 치유해 주기도 하고 새로운 각오로 세상을 살아가게 하는 원동력이 되어 주기도 한다.

이런저런 연유로 찾던 남쪽 바다. 이야기를 들은 문우가 동쪽 바다를 한번 가보면 어떻겠느냐고 말한다. 동쪽 바다인 강릉 경포대는 가족들과 나들이한 적이 여러 번 있었는데 그때마다 거친 파도가 두렵기까지 했다. 수평선 너머로 가물거리며 사라져가는 배는 왠지, 바다가 곧 삼켜버릴 것 같은 두려움으로 사로잡혀서 한동안 잊고 있었다.

마침 올해 운세에 동쪽에 식록과 복록이 있다는데 그렇다면 한번 떠나봐야겠다고 마음먹고 불현듯 강릉행 열차에 몸을 실었다. 서울역에서 KTX로 1시간 50분가량 되는 거리인 바다를 왜 멀게만 느꼈을까.

강릉에 도착해 택시를 타고 10분 거리인 강문으로 향했다. 강문 솟대다리에 서니 참으로 신비롭다. 사방의 하늘빛이 각양각색이다. 내가 서 있는 지점, 바로 앞이 흰 구름이 두둥실 떠가고 오른쪽 설악으로 가는 저 너머에는 검은 구름이 몰려 있어 금세 비라도 쏟아질 것만 같다. 왼쪽 등대에는 코발트색 하늘이, 그 속에 쪽배가 두둥실 떠있는 것이 마치 하늘을 나는 새같이 보인다.

강문 다리 아래, 솟대를 세운 둥근 받침대에는 희망과 소원을 비는 이들의 동전들로 가득하다. 나도 그곳에 동전 한 닢을 던졌다. 문운이 열리길 소원하면서.

불현듯, 달마가 동쪽으로 간 까닭이 무얼까 하는 궁금증이 일었다. 내가 강문 솟대 성황당을 자주 찾아오면서 달마를 생각하게 된 것 또한 동쪽 바다에 이유가 있는 것이 아닐까 하는 의혹마저 인다.

문헌에 의하면 동해안 서낭굿이 섬기고 있는 바다 서낭을 여성 신으로 생각한다는데, 바로 어머니의 사랑으로 바다로 나가는 이들의 안녕과 건강을 비는 마음에서이리라.

해수관음은 바다를 지키는 관세음보살로서 동해의 낙산에 진신을 모신 것은 관세음보살의 고향인 보타락가산이 동쪽이기 때문이고 문무왕은 자신의 시신을 불교법식으로 화장해서 동해에 묻어달라고 했다잖은가. 문무왕이 동해의 용신이 되어 왜구의 침입을 막기 위해 환생하겠다고 한 것은 그만큼 동해 바다의 영험함이 서려있다고 믿었기 때문이다.

신라의 효성왕, 혜공왕 역시 화장해서 동해에 장사 지낸 토함산 석굴암 본존불이 동해의 해돋이를 마주 보는 위치에 자리 잡고 있음은 영원히 해가 지지 않는 동쪽 보타락가산으로 동해를 하나의 불국토로서 보고 있음이다.

경포대 바다는 신라의 화랑도 사선인 영랑, 술랑, 남랑, 안상이 유람했던 곳이다. 장대한 기개와 호국정신을 함양할 수 있는 수도장인 바다는 도량의 의미를 내포함에 문우가 내게 동쪽 바다를 권한 것이 아닐까. 달마가 동쪽으로 간 까닭이 해탈하고자 부처가 계신 곳으로 향했음을 알려주고 싶은 것이리라.

구름이 밀려와 떠밀려가다가 산봉우리에 부딪히면 눈도 되고 비도 내린다는 문우의 말처럼 그는 이미 해탈을 수행하고자 동쪽에 자리 잡고 관세음보살을 향한 기도로 선에 입각해 있는지도 모른다.

나 역시 도를 숭상하는 삶에서 깨달음을 갖는 의미에서 순간이 뚜렷이 부각되는 영원한 바다로 자꾸만 향하고 있는 것이 아닐는지.

길상사 유감有感

함백산에서 수행하시는 김 시인과 내가 떠난 길.

성북동 길상사에 다다르니 일주문 옆 작은 팻말에는 영가천 도제를 지내는 이들의 이름이 새겨져 있다. 이곳, 도량에서 영혼을 위로받고 저승 문을 열기 위함에서인가.

죽은 이는 살아생전에 지은 과업을 풀고, 살아있는 이는 인과의 법칙 아래 지난날의 업장을 소멸하고 앞으로 살아갈 동안의 깨우침을 얻고자 들어서는 일주문. 일주문은 생과 사가 넘나들고 있는 곳인 듯싶다.

길상사. 도량은 어제 내린 비로 인해 더욱 맑고 청정하다. 극락전에서는 영혼을 위로하는지 스님의 염불 소리가 허공을 가른다.

　김 시인과 나는 법정 스님의 영정을 모신 진영각으로 발길을 옮겼다. 언덕 오솔길에는 상사화가 곱게 피어 있다. 꽃대가 먼저 올라와 붉고 아름답게 피고 진 후에야 잎을 틔우는 꽃.

　그 꽃은 아마도 진향이라는 기생 이름으로 살아온 김영한 보살이 '자야'라고 불리던 옛 연인 백석 시인과 헤어지고 그를 잊을 수 없었기에 만남도 기약할 수 없는 마음을 붉게 태운 게 아닐까.

　도량 곳곳이 온통 상사화이다. 법정 스님의 유품과 초상화를 모신 진영각. 댓돌 옆에 빈 의자가 놓여 있다. 도토리나무를 잘라 만든 그 의자는 바로 스님께서 무소유를 수행하던 자리이다.

　그래서일까. 바라보는 것만으로도 감히 범접할 수 없는 기운이 서려있다. 마치 스님께서 그 의자에 앉아 나를 바라보는 것만 같았다. 의자 옆에 놓인 발원문을 쓰는 노트에 나는 몇 자 적기로 했다.

　"날마다 소유 속에 살고 있는 중생이 오늘도 스님을 뵈러 왔습니다."

이에 스님께서 답을 주시는 것이 아닌가.

"얘야! 나의 무소유를 따르려 하지 마라. 지나온 삶을 반추하고 앞날의 삶 속에 이웃도 돌아볼 줄 아는 더불어 사는 법을 배우거라."

스님을 통해 무언의 법문으로 가르침을 받고 사당을 내려왔다. 나와 동행한 그분은 기도 삼매경에 빠졌는지 내려올 기미가 없어 잠시 기다리기로 했다.

강원도 산속에서 무소유의 깨달음을 얻고자 수행한다는 그분이 길상사 진영각 법정 스님의 영정을 대하니 얼마나 가슴이 벅차오르겠는가. 그분의 모친이 밀양 박 씨라 하시면서 감격의 눈물까지 글썽이는 것을 볼 때 스님 또한 속세명이 박 씨가 아니시던가.

얼마쯤 되었을까. 김 시인 그분이 진영각 아래 계단을 내려오는데 물끄러미 바라보던 내가 저절로 '관세음보살. 관세음보살!' 하는 염불이 읊조려졌다. 한 계단 한 계단 내려올 때마다 '관세음 보살님, 이제야 불제자인 저분을 스님에게 모시고 왔나이다.'라고 되뇌어졌다.

그분과 나는 극락전 앞에 있는 널찍한 바위에 걸터앉았다. 극락전에서는 영혼을 달래는 천도제가 한창이다. 그분은 바위에서 일어서더니 이내 두 손을 합장하고 두 눈을 지그시 감았고 나는 흰 구름 두둥실 떠가는 것이 아득함마저 일었다.

불현듯 이곳이 극락인가 보다. 현세의 극락이 아니라 내세의 극락인 듯하면서 길상사 극락전이 저승 안의 극락 같았다. 스님의 목탁 소리가 아리랑 노랫소리로 들리면서 "나를 버리고 가는 님은 십 리도 못 가서 발병이 난다. 아리랑 아라리요!" 하며 연신 입속으로 중얼거렸다.

이곳 도량이 예전에 기생집이었고 김영한 보살이 시주한 터전을 법정 스님께서 정토로 만드셨으니 불생불멸이라 여염집 여인들과 다른 삶을 살았던 기생들의 원과 한이 스님의 기도 소리에 저절로 해원되는 듯하다.

나는 염원했다.

이승을 하직한 영혼들이여! 부디 열반에 드시길.

꿈속에 전생이런가

애지중지하던 강아지가 수명을 달리했다.
강화 화장장에서 화장을 해 뿌리고 온 날 꿈을 꾸었다.

꿈속의 그곳은 마당이 널찍했다. 관가 같기도 한데 마당 한
편에는 우물이 놓여 있었고 그 옆으로 아낙 한 분이 물을 긷고
있었다. 다른 한편에는 화덕에 큰 가마솥이 걸려 있고 무엇을
끓이는지 김이 모락모락 나고 있었다.

마당 저편에는 수십 명의 병사들이 바삐 왔다 갔다 하고 그
들 중 한 명이 내게로 다가왔다. 키가 크고 늠름하니 인상 깊었
는데 그는 내게 "아가씨 얼굴에 검댕이가 묻었으니 닦아드릴

게요."라고 말했다.

그랬더니 옆에 있던 다른 이가 병사에게 말하길 "저 아가씨가 누구길래 얼굴까지 닦아준다고 하는 게요?"라고 물었고 병사는 "이제껏 몰랐단 말이요. 대대장님이 애지중지하는 따님이 아닌가요." 하며 말을 받아치더니 아낙을 향해 소리쳤다. "아즈메, 여기 뜨거운 물 한 바가지 떠오소!"라고 말이다.

아낙은 바가지에 물을 길어왔고 작은 대야에다가 부었다. 병사는 나의 얼굴을 가만 가만히 씻었고 나는 그런 병사가 싫지 않았다.

그때 어디선가 헛기침 소리가 났다. 마당 저편에 안채인 듯한 곳에 여인이 앉아있는데 그 모습이 어찌나 우아하던지 넋을 잃고 바라보고 있자니 어디선가 메아리쳤다.

"위제만, 위제만!"

이름을 부르는 소리에 깨어났는데 꿈치곤 참으로 이상했다. 위제만이 누구길래 꿈에 생생하게 들렸던 것일까.

꿈을 꾼 날, 내게로 한 부부가 찾아왔다. 평소에 친근하게 지내던 터라 그 부부에게 꿈 이야기를 들려주었더니 신기해했다. 혹시라도 실존한 인물이 아닌가 한번 인터넷을 찾아보아야겠다고 했다. 어찌 그리 선명하게 이름을 기억할 수 있겠느냐는 것이다.

검색해보니 위제만은 고려 때 사람으로 기록되어 있었다. 지방 관리로서 칠품의 관직인 행정관리를 보는 사록이라는 벼슬을 했다. 품계는 낮아도 문과에 급제한 이로서 나라에 제사나 사신 접대를 하는 폭넓은 임무를 수행했다는 것이다.

위제만은 한때 월정화라는 기생에게 매료되어 부인이 근심해서 분노로 죽었다고 기록되어 있었다. 진주읍 사람들은 부인의 슬픔을 애도하기 위해 전해져 내려오는 것이 '진주난봉가'라는 것이다.

진주난봉가는 황해도에서 전해오는 가사라고 하는데 진주 낭군과 진주 남강 빨래 운운하는 것을 볼 때 진주 지역의 노래가 분명하다고 여긴다.

고려 시대의 작가 연대 미상인 고려사 악지에서 유래된 것으로 위제만이 월정화와 얽혀있고 고려가요에 월정화는 무녀에 기녀, 궁녀였다고 하는 것은 샤먼인 내게 위제만이 어떤 지침서를 주기 위함에서인지. 월정화의 환영이 내게 흡수되어 애석하게 죽은 부인을 위로하기 위함인지.

위 씨는 단일 본으로 당나라 때 팽 씨였고 황후도 있고 문장가, 정치가를 무수히 배출한 높은 가문이었다고 한다. 고려 광종 11년에 사선관이 되었고 목종 때는 문하시랑평장사, 8대 현종 2년에는 궤장 하사 익년에 문화시중상주국인 강화현 개국백을 제수받고 강화를 식읍으로 하사받아 본관을 강화 위 씨로 하고 현종 3년 4월에 죽었다고 한다. 내가 꿈을 꾼 날도 4월 중순이고 강아지 화장한 날도 같은 달이면 무엇을 예지하고자 함인지도 모른다.

꿈속에서 안채에 앉았던 여인이 월정화에 빠진 위제만 때문에 자결했다는 그분인가. 그렇다면 나는 전생에 위제만의 딸이었는가. 아니면 내 아버지가 고려 충렬왕의 자손 충렬공파 37대손이라서 조상끼리 얽힌 일이 있어 그런 꿈을 꾼 것인지. 참으로 아리송하다.

위제만이 후에 부인이 죽은 것을 알고 후회했다는 가사를 진주 사람들이 추모곡으로 불렀다는데 마침, 몇 해 전에 김용

153

우라는 이가 무대에서 진주난봉가를 공연했다는 것을 알게 되었고 그 노래의 한 구절을 읊조려 본다.

진주 낭군 오실 터이니 진주 남강 빨래 가자.

산도 좋고 물도 좋아 우당탕탕 빨래하는데

난데없는 말굽 소리

고개 들어 그곳 보니 하늘 같은 갓을 쓰고

구름 같은 말을 타고서 못 본 듯이 지나간다.

진주 낭군 왔으니 사랑방 가라.

온갖 안주와 기생첩 옆에 끼고서 권주가를 부르더라.

이 광경 목격한 며늘아가

아랫방에 물러나와 아홉 가지 약 먹고서 목매달아 죽었더라.

진주 낭군 깨닫고서

화룻정은 3년이요, 본댁정은 백년사랑

사랑 사랑 내 사랑아 이럴 줄 몰랐다.

너는 죽어 꽃이 되고 나는 죽어 벌, 나비 되어

남녀 차별 없는 곳에서 천년만년 살고지고

어화둥둥 내 사랑아.

4

반쪽의 사랑

반쪽의 사랑

비 오는 날이면 생각나는 이가 있다.

그는 내 기억 속에 언제나 소년의 모습으로 각인되어 있는데 비를 유난히도 좋아했다. 보슬비 내리는 밤길을 마냥 거닐다가 어쩌다 나와 만난 날, 태릉에서 광화문까지 걸어오곤 했었다.

곱상한 얼굴에 눈매가 깊은 남학생. 그는 문학에 조예가 있었고 클래식 음악을 즐겨 감상했다. 그림은 물론 손재주가 뛰어난 그는 일명, 팔방미인이었다. 향학열도 뛰어나 적성에 맞지 않는다면서 고교 때 높은 경쟁률을 뚫고 경기공전으로 편입을 하기도 했다.

나이에 비해 점잖고 침착함에 여느 학생보다 성숙해 보였는데 나는 그런 그를 이해할 수가 없었다.

언젠가는 나를 이끌고 종로에 위치한 쎄시봉이라는 음악 감상실에 갔는데 그때 담배 연기 자욱한 실내에서 음악에 심취한 군상들의 그 광경을 지금도 잊을 수가 없다. 무엇이 그토록 그들을 고뇌하게 했는지. 심각한 표정으로 담배를 꼬나문 사람들하며 두 눈을 지그시 감고 있는 사람들을 말이다. 그도 그럴 것이 그 당시, 나는 철없는 여학생이었다.

공부보다는 맵시 내는 것에 치중했던 때라 교복 치마를 허리춤에 돌돌 말아 무릎 정강이 위로 올라가게 해서 입고 다녔다. 150cm의 작은 키에 깡마른 몸집에 까칠하니 까무잡잡한 얼굴은 그와는 대조적이었다.

숱 많은 머리카락으로 인해 짬이 날 때마다 수돗가로 달려가 물을 적시곤 했는데 그것도 잠시뿐, 물기가 마르기 무섭게 위로 솟구치는 머리카락은 참으로 감당하기 어려웠다. 일명 사자머리를 해 가지고는 운동화 뒤축을 구겨 신고 불량학생 흉내를 냈으니 그런 내가 그는 꼴불견이었으리라.

팝송을 좋아하고 낙서를 즐기고 유화물감을 구입할 돈으로 빵집을 드나들던 내가 그에게 딱지를 맞았으니 지금 생각하면 당연지사이고 부끄럽기까지 하다.

그런 내가 순정은 있는 것인지. 말똥만 굴러도 웃는다는 시기에 떨어지는 나뭇잎을 바라보면서 그를 생각하고 눈물을 질금거리곤 했다. 아마도 그에게 딱지 맞은 것이 슬픈 것이 아니라 우상 같은 존재의식 때문에 열등감에 사로잡힌 것인지도 몰랐다.

어쩌면 그때부터 문학을 갈망했지만 나보다 탁월했던 그의 문학이 부러웠던 까닭에서이리라. 그가 지닌 재능을 갈망한 것인지.

그렇게 헤어짐과 또다시 만남 속에 세월이 흐른 어느 날, 그가 프러포즈라는 미명 아래 나를 다시 찾았을 때는 왠지 염증이 일었다. 평범한 나로서는 우월한 그를 감당하기 어려웠나 보다.

하지만 인연은 질긴 것인지. 잊으려 할수록 그리워지는 것은 어인 일인지 손목 한 번 잡아본 적이 없었지만 그저 생각하고 바라보기만 해도 가슴이 콩닥거렸으니 그거야말로 사랑이라는 가슴앓이였나 보다.

　강산이 세 번이나 바뀌고 세월이 흐른 뒤에 어느 지인을 통해 그의 소식을 접할 수 있었다. 그는 프랑스에서 화가로 왕성한 활동을 하다가 몇 해 전 귀국해 지금은 양평에서 예술의 혼을 불태우고 있다는 것이다.

　나 또한 글을 통해 갈등할 때마다 이상하리만치 그의 모습이 떠오르곤 했는데 그는 마치 나를 창작의 길로 채찍질하는 등불과도 같다고나 할까. 어떤 대상을 생각하게 되고 그로 인해 창작할 수 있음은 참으로 고마운 일이 아닐 수가 없다.

　참으로 우연인 것은 내가 드나드는 화랑에 그도 단골 고객이었다니 세상은 넓고도 좁은가 보다. 인사동 화방에서 그와 마주쳤으니 기가 막힐 수밖에.

　세월은 모든 것을 바꾸어 놓은 것인지. 그 옛날 내가 그리던 그 대신에 삶에 익숙해 보이는 한 남자의 모습이었다. 그래도 한 번쯤은 만날 수 있어서 참으로 다행이었다.

　나는 그에게 붓 대신 손가락으로 그린 유화 한 점을 선사했다. 유화는 아름다운 동산에 아름드리나무 한 그루가 서 있고 그 나무 아래에 소년 소녀가 손잡고 뛰노는 그런 그림이었다.

아마도 내가 그 그림을 화가인 그에게 준 것은 그야말로 내 창작에 대한 질을 높여주는 활력소가 아니겠는가. 그의 영상이 소년의 모습으로 내 곁에 머무른 것은 순수 그 자체이리라.

나의 정신적 갈증을 해소해주는 그래서 창작의 메시지를 끊임없이 제공해주는 에너지 같은 반쪽의 사랑이 아닐까.

배내똥

엄마 뱃속에서 세상 밖으로 나와 처음 누는 똥이 배내똥이다. 탯줄을 통해 영양을 섭취한 것을 미처 배설하지 못하고 태어나 고약처럼 끈적이고 새까맣다. 배내똥은 삼사 일이나 길게는 일주일까지 계속된다.

아가는 엄마 젖줄을 통해 세상에서의 삶이 열리고, 사람의 모습으로 성장해간다. 엄마는 아가 똥의 빛깔과 냄새로 병이 났는가를 관찰한다. 그 옛날, 임금님의 똥틀인 매화틀의 배설물을 내시가 맛을 보며 임금의 상태를 감지하는 그 정성과 무엇이 다를쏘냐. 그만큼 한 생명이 성장하기까지 먹고 마시고 배출하고를 반복하기에 생리 현상은 지극히 당연지사이거늘 똥 이야기만 나오면 거북하고 쑥스러웠다.

내가 어릴 적에는 학교 선생님은 똥도 누지 않는 줄 알았다.

언젠가는 외가에 갔다가 변소에 빠진 적이 있는데 어머니께서 똥독이 오른다고 고사까지 지내셨다. 또 한번은 원인 모를 열이 39℃까지 올라 병원에 실려 가 맹장인 줄 알았던 것이 변비로 판명되어 관장하고 나온 적도 있다.

연애 시절에는 내가 화장실 가면 행여 홀로 남아 기다리는 상대가 시간을 재면서 대소변을 상상할까 봐 오줌을 참았다. 그러다 오줌소태에 걸려서 한참을 치료받은 적도 있다. 어쩌다 방귀라도 나올라치면 의자 아래 엉덩이를 꽉 누르고 당황했던 그때가 무지의 소치이다.

요즘은 거리마다 항문외과 간판이 붙어 있고, 대소변 장애를 진료받는 것이 부끄럽지 않은 시대이다. 매스컴에서는 연신 장기능 장애에 대한 약품을 선전하고, 어찌하면 배설을 잘하고 건강할까를 알려주는 프로가 방영된다. 미인이 되고 비만에서 탈출하려면 배설을 원활하게 해야 함을 일깨워주는 것이다.

최첨단 의료시설이 갖추어진 시대에서 대변을 통해 용종도

알아내고 처치하는 세상이다. 화장실이 간이역마다 설치되어 있고 멋진 인테리어로 꾸며져 있다. 가끔 빨대 꽂힌 커피를 마시면서 화장실에 들어오는 이들도 있다. 심지어는 커피 열매를 먹은 고양이가 싼 똥을 채취해 다시 커피 원두를 걸러내어 파는데 고가라고 한다.

어린이집에 다니는 손녀딸도 똥에 관한 동화책을 읽고 이야기를 해달라고 조르기도 한다. 맞장구라도 치게 되면 이내 '똥, 똥, 똥!' 하면서 신바람 나게 까르르 웃어젖힌다. 무엇이 그토록 우스운 걸까. 그만큼 순환계 역할을 하는 현상은 지극히 순수 그 자체이다.

처음 세상에 태어난 순간부터 생을 마감하는 순간까지 똥으로 시작해서 끝나게 되는 것을 볼 때, 만일 지구상에 존재하는 작은 생물들까지도 흡수와 배설을 반복함을 육안으로 볼 수 있다면 세상은 온통 똥밭이고 그 위를 걷고 사는 것이리라.

더욱이 희한한 것은 똥 꿈을 꾸면 재물이 생기고 재수 발복한다고 믿는 것이 아이러니하다.

고향

서울 토박이. 서울 사람.

내가 살았던 곳이 바로 서울특별시 마포구 신공덕동 121번
지이다. 좁은 골목길을 마주하고 한옥들이 즐비한 동네. 간혹
초가집도 있었다.

골목 맞은편은 상궁 마마가 거처하신 곳으로 뜨락엔 정자와
연못이 있는 100여 평이 넘는 집이다. 명절 때면 설빔 차려입
고 어머니 따라 세배 갔던 기억이 난다. 그때 상궁 마마께서 내
오시던 한과가 어찌나 입안에서 사르르 녹던지. 지금도 그 맛
이 입안에 감도는 듯하다.

바로 그 옆으로는 양조장이 자리 잡고 있었다. 가끔 술지게

미를 얻어다가 마당에 있는 화로에 얹어 바글바글 끓여 감미를 넣고 먹다 보면 달콤함에 연신 숟가락질하고 두 볼이 발갛게 달아오르곤 했었다.

양조장 맞은편에는 커다란 함석공장이 있었다. 친구들과 구경하러 가곤 했었는데 동생을 업고 넘어지는 바람에 함석 조각에 입술이 찢겨 지금도 상처가 남아있다.

십 분 거리에 철길이 있어 그곳 땡땡 건널목을 건널 때마다 깃발을 들고 호루라기를 불던 역장님. 철길은 모두의 삶터였다. 기적 소리와 함께 연기를 하늘 높이 뿜으며 달려나가는 기차를 타고 마포에서 용산까지 식료품을 사러 가기도 하고 종착역인 서강까지 수정을 캐러 가기도 했다. 아버지가 교통부에 근무하신 덕에 출퇴근을 기차로 하셨는데 그때마다 집 대청마루에 올라 철길을 바라보며 손을 흔들었던 기억이 새롭다.

장마철에는 뒤뜰에 메기와 미꾸라지, 붕어들이 빗물 타고 떨어져 있었다. 마치 하늘에서 떨어진 듯 신기했는데 내가 물고기를 잡으려고 하면 어머니께서는 빗물 타고 떠내려가게 놓아두라고 하셨다.

철길 아래 도랑에서도 송사리 잡아 고무신에 가득 담고 등교 시간도 잊은 채 놀던 시절. 어린 걸음으로 집에서 학교까지 한 시간 거리쯤 되었을까. 철길 건너 새창고개 너머 도화동으로 접어들면 복숭아밭이 있어서 복사골이라고도 했다.

그곳을 지나 산 중턱에 자리 잡은 마포초등학교. 언덕으로 오르는 길에 넓은 밭이 있었는데 교도소에 있는 죄수들이 나와 똥지게를 지고 밭을 갈고 채소를 심기도 했다. 어쩌다 발목에 쇠사슬 찬 이가 밭을 갈곤 했는데 그때마다 두려움에 마구 달렸었고 하굣길엔 그 길을 돌아 뒷길로 가곤 했었다.

학교 뒷길로 내려가면 새우젓 냄새가 진동했다. 길가에 드럼통이 즐비하고 닫힌 뚜껑 위로 파리 떼가 윙윙거리며 날아다니면 두 손으로 코를 막고 뛰곤 했다. 아버지 따라 한강으로 낚시 갔다가 허탕 치고 돌아설 때면 마포 샛강에서 어부가 잡아 올린 물고기로 대신하곤 했었는데.

새벽길 소쿠리 들고 철길을 걸어 서강까지 두부와 콩나물을 사러 가곤 했던 곳이 지금은 세월 따라 흔적조차 없다. 어머니 손 잡고 푸성귀 사러 갔던 시장도 그곳에 삶을 영위하던 이웃도 친구들도 모두 뿔뿔이 흩어져 세월 속에 묻혀 버렸다.

친구들과 뛰놀던 골목길도 바구니 들고 냉이 캐러 오르던 철길도 이젠 빌딩 숲을 이루고 아파트가 빽빽이 들어섰다. 앞마당 우물가에 해당화가 곱고 담장 아래 봉숭아 피어나고 해바라기 미소짓던 그런 옛집도 큰 빌딩으로 변해버렸다.

가끔 버스 타고 집 앞을 지날 때면 차창 너머로 이마트 정문을 바라보면서 되뇐다. 바로, 저곳이 내 집이었는데…. 이젠 가슴 언저리에 추억을 묻고 바람 부는 날이면 조금씩 꺼내어 그리움을 바람으로 실려 보내리라.

고향 집은 어머니의 품속같이 뇌리에서 균사체처럼 불현듯 솟구치지만 변모한 시대 속에서 저마다 삶이 다르기에 자기만의 고향은 그 순간 존재의식 속에 있는 것이 아닐까.

고향 길 따라

풍수지리에 의하면 용의 머리 부분이라는 용산龍山. 한강을 끼고 남쪽으로는 한강로, 서쪽으로는 노량, 서강 사이에 용산이라는 산 아래 있는 용산강, 동쪽으로는 양화로의 잠두봉이 있고 망원동 산세 또한 용산이고 와우산 지나 인왕산까지 용 한 마리가 꿈틀거리는 형상으로 뻗어있다.

고려 시대 이전에 용산으로 지명되어, 백제가 차지하고 있던 한강을 빼앗기 위해 고구려 장수왕이 남진정책을 펼쳤다고 한다. 백제 기루왕 21년, 용 두 마리가 한강에 나타나 산세에 용이 서려 있는 형체로 보여 아마도 그때부터 용산이라고 불리는지도 모른다.

인왕산은 용의 꼬리에 해당하고 인왕산 줄기가 서쪽 추모현으로 거기서 한 줄기가 남쪽 익현으로 만리현을 거쳐 뻗어 나간 것을 보면, 한강을 끼고 거대한 용이 꿈틀거리며 하늘로 승천하는 형국임을 감히 짐작해볼 수 있다.

1869년 4월 17일 조선 시대 한성부에서 용산방으로 시발되었는데, 고려 숙종 6년에 용산처를 승격해 부원현으로 했다는 것은 세월이 가면서 고을이 생겨나고 강을 따라 발전함에, 후에 영조 때 성 밖 동문 외계로 바뀌면서 갑오개혁 때 행정구역이 개편되어 용이 잘려나가는 형국이 되었다고 한다.

참으로 희한한 것은 효창공원 내 효창원이 용의 발톱을 하고 있다는 것이다. 내 고향 또한 마포구 신공덕동 용마루 고개이고 보면 용의 머리가 얼마나 큰 것임을 알 수가 있다.

효창공원 건너편은 용문龍門동인데 어릴 적 어머니와 함께 용문시장에 푸성귀를 사러 가곤 했었다. 용문시장으로 가는 길은 새창고개를 넘어서 가야 함에 늘 그 고갯길을 오르곤 했다. 고갯마루에 중국집이 있어서 그곳 중국인이 나를 수양딸로 삼고 싶으니 팔았으면 싶다고 했다. 지금 같으면 생각조차 못 할 일인데 어릴 적에 그런 일이 있었다니 참으로 그때 중국인의 수양딸이 되었으면 어떤 삶을 살았을까.

용문시장 건너편 방향으로 효창공원이 있고 그곳 효창공원에는 백범 김구 선생을 중심으로 삼의사 삼열사의 묘가 있고 임시정부 요인 3인이 잠들어있다.

내가 뛰어놀던 용마루 고개는 예전에는 골목 어귀에 있는 넓은 마당으로 원을 그리며 한옥들이 즐비해 있었다. 그곳에서 오자미놀이, 술래잡기, 고무줄놀이, 병정놀이를 하며 자랐다. 한강 근처에 있는 서강은 조부님의 일터이기도 했다.

서강 가는 방향 우측으로 용강동이 있고 지금의 마포구 염리동이다. 용강초등학교는 숙부께서 다니던 곳이기도 하다. 용강동 지나 왕우산은 고교 시절 친구들과 나물 캐러 가곤 했었고, 그곳 와우아파트가 무너졌던 사건은 이슈가 되기도 했다.

인왕산은 경복궁 터를 점지한 무학대사를 모신 곳으로서 나라의 안녕과 복을 비는 국사당國師堂이기도 하고 내가 어른이 되어 피앙세를 만나 둥지를 튼 곳 또한 인왕산 근처였으니 무악재 아래 독립공원은 용의 뒷 발톱이 아닐까 추측마저 인다.

순국열사의 위패가 모셔져 있는 독립공원이 만일 용 몸통의 일부라면 이빨은 효창공원 순국열사의 묘일 것이다. 용 한 마리의 거대함이 바로 나라를 지키는 호국신이요 호법신으로서 독립투사들의 영혼이 나라를 지켜주리라는 의미가 있는 것이리라.

　용은 낙타의 머리에 사슴의 뿔, 토끼의 눈, 암소의 귀, 뱀의 목과 개구리의 배, 잉어의 비늘, 매의 발톱에 범 발바닥으로 이루어져 있다 한다. 자유자재로 모습을 바꿀 수 있는 초자연적이고 강력한 힘을 가진 존재로 부각되어 있다.

　여의주를 물고 용이 기운을 토해 구름을 만들고 구름을 타고 하늘로 승천하는 권위에, 조화에 초능력을 나타냄에 가상의 동물이면서도 신령함으로 여겨져왔다. 왕의 용안, 용태, 곤룡포, 용상으로 불리어 최고 권력을 상징함에 궁궐 벽화에도 기와에도 곳곳에 그려져 있음을 볼 수 있다. 조선 세종 때에 지어진 용비어천가에는 건국 전 태조의 여섯 선조를 육룡으로 표현함으로써 조상을 신격화하여 숭상한 것이 아닐까.

　그리고 보면 용산 입구에 언덕 위, 유관순길이 있어 그 위로 마을을 지키는 사당 옆에 유관순기념비가 한강을 내려다보고 있고 용문동에는 남이장군 사당이 자리 잡고 있잖은가. 나 또한 용의 머리에서 태어나 용의 몸통에서 용의 꼬리에서 머무는 것은 바로, 나라를 지키는 영령들을 위해 기도할 수 있는 소명을 주신 까닭에서일까.

자화상

봄의 전령이 이끄는 대로 길을 떠났다.

벚꽃 만발한 좁고 긴 둑을 따라가면 외가가 있었다. 불현듯 둑길을 걷고픈 마음에서 떠나온 자리.

고양시 벽제읍 사리현로 주유소 앞에 당도하니 맞은편 다리가 나온다. 예전에는 검정 침목으로 엮은 다리여서 그곳을 건널 때마다 다리 아래, 강물이 흘렀었다. 행여 떨어질세라 부들거리는 다리로 엉금엉금 기어 건너가곤 했었다. 그런 다리가 지금은 철제 다리로 만들어져서 그 위로 자동차 물결이 인다.

참으로 세월은 유수와 같다.

하늘에 해와 달, 별들도 그대로이고 구름도 흘러가고 눈, 비바

람도 지나간 산천. 꽃 피고 새 지저귀고 해가 바뀌어도 제자리인
데 그곳에 정 붙이고 살던 이웃과 피붙이 모두가 떠나간 자리.

외가와 이어진 둑길은 어느새 시멘트 포장이 된 산책로로
바뀌어 있었다. 좁고 긴 둑이 넓은 길로 변해 그 길에 자전거
를 탄 이들이 달려가는데 그래도 다행인 것은 외가로 향한 때
문에서다.

나는 산책로로 접어들며 추억에 젖어 들었다.

그 옛날 둑길 아래에는 시냇물이 흐르고 봄이면 둑 위에 이
름 모를 별꽃들의 향연이 펼쳐졌다. 버들강아지 나를 바라봐
요, 라고 외치는 듯하면 나도 모르게 꺾으러 다가갔다가 그만
미끄러지는 바람에 물가로 풍덩! 물에 젖은 신발 털어 신고 절
뚝거리며 걷곤 했던 그곳에서 벗들과 바구니에 쑥 캐고 염소
치며 보냈었는데. 할머니에겐 인생이 담긴 그곳.

냇물 건너 밭고랑 이러 가던 날이면 새참 광주리 머리에 이
고 둑으로 향하는 할머니 따라 걸어가던 어린 계집아이. 무거
운 술 주전자 두 손으로 들고 비틀거리며 걷다 보면 어느새 술
이 쏟아져 둑길을 적시곤 했는데 아마 내가 흘린 술로 인해 그

날은 둑길도 취했으리라.

해 질 녘이면 피붙이 귀갓길 어두울세라 호롱불 들고 둑 앞에 서서 신작로 길을 하염없이 바라보시던 할머니. 그럴 때마다 할머니네 뒷간 지붕에 박꽃도 덩달아 피어났었다.

할머니의 커다란 앞치마에는 가지, 호박, 푸성귀 담아내고 때론 옥수수도 한가득이다. 철없던 나는 할머니가 따 온 옥수수를 몽땅 먹어 치우고 복통으로 대청마루에서 데굴데굴 구른 적도 있다. 할머니께서는 안방 벽장에서 한약처럼 만든 소화제를 건네주시며 "좀 작작 먹지 으휴!" 한숨을 쉬시며 "얼른 똥 누고 오거라. 그러면 좀 나을 게다."라고 하셨다.

사촌을 대동해서 뒷간을 가면 항아리로 만든 똥통이 어찌나 무서웠던지 한참을 망설이곤 했었다. 사촌을 뒷간 보초로 세우고도 말이다. 그때마다 사촌은 빨강, 파랑 귀신이 나와 너를 잡아갈 것이라고 놀려댔고, 한번은 그 바람에 다리 한쪽이 똥통에 빠져 회초리 세례를 받곤 했었다.

그런 할머니가 이승을 하직한 지도 수십 년이 흘러 이젠 그리움으로 남아 있다. 둑길에서 길 떠나는 이를 위해 오가는 이를 위해 연신 손을 흔들고 때론 옷고름 적시며 홀로 애달프게 살아온 할머니.

그 길은 꽃가마 타고 16살 새색시가 시집왔던 길이요, 길 떠난 낭군을 그리며 살던 삶이요, 사랑이 묻어난 자리요, 마지막 이승을 떠나는 꽃상여 타고 가신 곳이다. 그 길에 어머니가 소 몰이했었고 서울 양반에게 시집온다고 첫사랑과 이별하고 눈물 바람 흘렸던 곳이다. 그곳이 이젠 간곳없고 박꽃 피던 뒷간에는 어린이집이 아기자기하게 서 있다.

지난날을 회상하며 추억을 더듬으며 간 그 길. 바로 생과 사가 지나간 길이요, 우주만물에 생성하는 모든 것이 함께한 곳이요, 만남과 이별이 교차하며 어제 오늘 내일이 끊임없이 반복되기에 그 길의 끝이 있으면 시작을 의미하지 않을까.

피붙이 모두 만나고 떠나는 자리.

둑길은 바로 끝과 시작을 나타내는 윤회의 길이기에 또 다른 시작의 길로 들어서는 것이 아닐까.

첫눈 오는 날

　　천상의 선물인가. 눈은 신비롭다. 사람의 마음을 눈 녹듯이 순화시켜주는 부드러움이 있다. 눈 내리는 날은 자비를 베풀어 이웃들을 생각하게 하고 광화문통의 구세군 자선냄비에 온정을 부르는 종이 울린다. 한동안 소통하지 않은 사람들에게도 말문을 열어주며 안부를 묻게 되는 마법의 눈. 헤어진 연인에게도 재회하는 설렘마저 안겨준다.

　하늘을 바라보면 배꽃이 흩날리던가, 쌀가루가 뿌려지던가 하는 아름다운 눈이 요즘은 어떠하랴! 대기권이 오염되어 산성 눈이 내리니 머리카락이 빠질세라 저마다 우산을 쓰고 빌딩과 빌딩 사이 그 숲을 빠져나오는 군상들의 모습이다. 하지만 세월이 흘러서 모든 것이 변했어도 동심만은 그대로이다.

　나 어릴 적에 첫눈이 내리면 하늘을 향해 고개를 젖혀 들고 눈을 맞았다. 그러고는 혀를 쏘옥 내밀면 눈송이가 혀끝에 내려앉는다. 참으로 시원하다.

　어머니 말씀에 의하면 눈이 많이 오면 보리농사가 잘되는 풍년이 오고, 첫눈을 받아먹으면 눈이 밝아지고, 얼굴에 문지르면 피부가 희고 고와진다는 옛말이 있다고 했다. 그래서인지 얼굴을 위로 치켜들고서 눈발을 맞으며 서 있곤 했다. 하지만 폭설이라도 내리는 날에는 온 동네 사람들이 나와 눈을 치우며 길을 트느라 한바탕 난리 법석이었다.

　지금에야 도로에 염화칼슘도 뿌리고 눈을 치우는 자동차도 있지만 그 당시만 해도 참으로 옛날이야기이다. 함박눈이 펑펑 쏟아지는 눈길을 동네 아이들은 좋아라 함성을 지르고 옆집 강아지는 왈왈 짖어대면서 달려 나온다.

　나도 예외는 아니어서 모자에 장갑에 목도리까지 두르고 완전무장을 하고서는 집 밖으로 나와 이내 눈덩이를 굴린다. 한참을 굴리다 보면 온통 눈 범벅이 되어 꽁꽁 언 손을 팔짱을 낀

겨드랑이에 넣고서 녹이곤 했다. 사내아이들은 바지 속에 손을 밀어 넣기도 하고 때로는 발갛게 부은 손을 앞을 향해 나란히 자세로 엉엉 울면서 집으로 돌아간다.

그렇게 집으로 돌아가면 어머니의 꾸지람을 듣곤 했다. 허나 그것도 잠시뿐, 어머니가 잠시 한눈을 판 틈을 타 다시금 밖으로 뛰쳐나온다. 두 손에는 장갑 대신 아버지의 양말을 낀 채로 말이다.

눈길에 물을 부어 얼음판을 만들고 그 위에 눈을 듬뿍 뿌려 놓은 다음 길 가는 이들이 미끄러지길 바라는 그런 말괄량이였다. 행여, 행인이 얼음판 위에서 넘어지기라도 하면 대문 안에서 그 광경을 훔쳐보면서 까르르 웃음보를 터뜨렸다. 손뼉까지 치면서 좋아했으니 지금 생각하면 아찔하다.

가끔은 총명기가 발동해 상대방의 모습이나 특징을 잘 기억해내는 통에 동네 총각 처녀들의 맞선 자리에 늘 동행했다. 그 덕에 빵을 실컷 얻어먹는 혜택을 누렸지만 악동기가 어디 가겠는가. 항상 누군가를 골탕 먹일까 궁리 중에 번쩍하고 뇌리를 스치는 대상이 나타났다.

　우리 집에 세 들어 사는 남녀 고교생이 두 명이나 있었음을 왜 생각 못 했는지. 문간방 두 칸을 쓰는 경식이 오빠네는 아들이 다섯에 딸 하나였다. 부모가 독실한 크리스천이었는데 아들 중 막내인 오빠는 공붓벌레였다. 형편이 넉넉지 않아 은행 취업을 목적으로 선린상고를 다녔는데 내가 공부방에 들어갈 때마다 오빠는 거울 앞에 앉아 여드름을 짜내기 바빴다. 그도 그럴 것이 고3인 오빠의 얼굴에 온통 여드름 꽃이 피었으니 말이다.

　또 가운데 방에 세 든 여학생은 동구여상에 다니던 언니였는데 과묵하고 점잖은 성격의 소유자였다. 두툼한 입술에 둥그런 얼굴을 한 수수한 모습이었는데 오빠와는 달리 공부는 별로 개의치 않는 듯 날마다 자수틀만 끼고 살았다. 언니 방에 놀러 가면 내게 문간방 오빠의 근황을 묻곤 했는데 그러다가도 두 남녀가 마주치게 되면 그때는 시침을 딱 떼곤 했다. 서로 곁눈질을 하면서 피해 가는 광경을 목격했으니 이거야말로 절호의 기회라고 생각한 나는 작전을 세웠다.

　상대방이 보낸 편지인 것처럼 꾸미기로 하고 첫눈 오는 날

만나자는 편지를 써서 두 사람에게 건넸다. 오빠에겐 "마음에 들었으나 차마 말 못 하고 고민하던 중 사연을 보냅니다." 하고 전했고, 언니에겐 "늘 사모했습니다. 망설이다가 견딜 수 없어 이번 눈 내리는 날 공덕동 로터리에 있는 빵집에서 만나고 싶습니다." 하고 편지를 써서 보냈다. 두 사람이 서로 연모하는 마음을 전한 것처럼 꾸며서 말이다.

첫눈이 내리던 날, 경식 오빠는 빵집에서 장장 6시간 동안 기다리다가 지쳐 빵 꾸러미를 들고 집으로 돌아왔다. 후에 자초지종을 알게 된 어머니가 회초리 세례를 퍼부었고 이내 집 밖으로 쫓겨났는데 그때 오빠가 따라 나와 다시는 그런 장난하지 말라면서 눈물을 닦아 주었다. 물론, 자수 놓던 언니는 약속을 지키지 않았고 후에 간호사로 독일에 파견을 나갔다. 아마도 멀리 떠남에 만날 수 없었나 보다. 훗날, 스케이트장에서 오빠와 마주쳤었는데 그때 사과를 못 한 것이 미안하기만 하다.

이제 겨울 문턱에서 첫눈을 기다린다. 남편은 내게 외출할 때 우산 갖고 가라, 굽이 낮은 구두를 신고 가야지, 이제 이팔

첫눈 오는 날

청춘이 아니다, 하면서 노파심 어린 충고를 할 것이다.

이번 첫눈 오는 날에는 행여 넘어질세라, 요즘 들어 좌골신경통으로 욱신거리는 다리를 다칠세라, 조심조심 밖으로 나가야 할 성싶다.

명절 유감

음력 8월 15일이었던가. 나와 동생 여럿이 대청마루에 빙 둘러앉았다. 어머니는 방앗간에서 빻아온 쌀가루로 반죽을 하고 계셨고 뜨거운 물을 조금씩 붓고 주물러야 쫄깃해진다면서 말이다.

아버지는 그런 어머니를 위해 양철로 된 기름통을 오려서 뚝딱 임시 아궁이를 만들어 앞마당에 설치하시고 그 위에 물솥을 걸었다.

반죽을 마친 어머니는 대청마루에 모여 있는 우리를 향해 어디 누가 송편을 더 잘 빚어내는가 내기해보자, 떡을 예쁘게 빚어야 시집도 잘 가고 예쁜 아기도 낳는 법이라고 하셨다.

그러고는 이내 앞마당, 솥 위에 시루를 얹고 솥과 시루 둘레에 밑반죽한 것으로 띠를 둘렀다. 마치 뱀이 똬리를 틀듯이 둥글게 말이다.

동생들과 나는 쌀 반죽을 조금씩 떼어내 한 손에 넓적하게 펴고 그 안에 준비된 소를 넣었다. 소는 볶은 깨에 설탕을 혼합한 것과 검정콩이나 밤, 그리고 토막 낸 고구마가 있다.

재료 중에 깨를 집어넣는 것이 어찌나 힘든지. 많이 넣으면 송편 밖으로 삐져나오기 일쑤요, 너무 적게 넣으면 맛이 없기 일쑤다. 잘못 여미게 될라치면 깻가루가 쌀 반죽 속살을 비집고 나와 손가락에 쩍 달라붙어 온통 깨 범벅이 된다.

그렇게 빚어낸 송편이 쟁반 가득 차오르면 어머니는 시루에 넣고 떡을 쪄내는 작업을 하신다. 시루 안에 베 보자기를 깔고 난 후에 솔잎을 듬뿍 뿌려서 그 위에 송편을 넣고 또다시 솔잎을 얹고 송편을 얹는다. 김이 올라오기를 얼마쯤 기다렸을까, 어머니는 쇠젓가락을 들고 솥뚜껑을 열어 떡을 찔러본다. 그때 쌀가루가 젓가락에 묻어나오는가를 살펴보고 다 되었다고 생각한 순간 참기름을 섞은 물에 익은 떡을 살짝 담갔다가 소쿠리 위로 건져 올린다. 이때다 싶어 나와 동생들은 쇠젓가락으로 찍어낸 떡을 호호 불며 먹었었다.

그 당시만 해도 먹거리가 발달하지 않은 시절임에 더욱이 맛있었던 것인지, 왠지 그 맛을 잊을 수가 없다. 요즘처럼 세계화된 먹거리 시장에서 송편은 다양한 재료와 균형 잡힌 영양, 요리법 개발로 각양각색의 모양을 뽐내고 있다. 보기 좋은 떡이 맛있음을 증명이라도 하는 듯 뽐내건만 옛맛이 나지 않는 이유는 어떤 연유에선가. 손으로 꾹꾹 주물러서 손자국이 나고 옆구리가 터져 나온 그때의 송편이 더욱 맛있다고 생각되는 것은 그리움에서인가. 아마도 그 맛은 가슴속에 있기 때문인지, 고향에 대한 향수에 젖어 명절마다 그리움이 송편을 통해 미각을 자극하고 추억을 되씹게 된다.

딸이 사다 주는 송편을 기다리며 구부정하니 노인으로 변한 어머니, 저승에 계신 아버지보다 그 옛날 옥양목 앞치마 두르고 쌀가루 반죽하던 어머니의 모습과 양철 아궁이 만들던 아버지가 보고 싶은 것은 나 또한 세월 따라 변모해가는 까닭에서일까.

비 유감有感

　　엘리엇에 의하면 비는 생명이요 생장을 의미한다. 비는 지구상에 존재하는 생명체에게 활력을 주고 메마른 대지를 촉촉이 적셔주며 온갖 더러움을 말끔히 씻어 준다. 하늘이 인류에게 준 커다란 축복이리라.

　하지만 때때로 폭우와 홍수라는 재해가 인간이 가꾸어 놓은 터전을 단숨에 휩쓸어 가기도 한다. 자연에 대한 인간의 만용과 오만, 그리고 이기적인 망종 때문에 하늘이 경각심을 불러일으킨다. 그럼에도 비 오는 날이면 지난날 어린 시절의 추억을 더듬게 된다.

　내 아버지는 팔방미남이셨다. 럭비선수였기에 몸이 날렵하셨다. 화초를 가꾸고 동물을 기르고 열대어 어항 손질하기, 지붕을 고치는가 하면 독서광에 영화광에 술도 잘 마시고 노래도 잘 부르고 붓글씨도 잘 쓰셔서 대통령 표창을 여러 번 받은 적이 있으셨다.

청렴결백하신 아버지는 청탁이 들어오면 노발대발하셨고 어머니에게 호통을 치곤 했다. 여편네가 집에서 도대체 무얼 하기에 청탁 뇌물을 받느냐고 하면서 누군가 보내온 선물을 돌려보내기도 하고 때론 앞마당에 내동댕이쳐 버리기도 했다.

그런 아버지이셨기에 집안 분위기는 늘 살얼음판이었다. 우리 집은 대청마루에서 철길이 보이기 때문에 아버지의 퇴근 시간이 되면 부리나케 집안 청소를 하고 마중을 나간다고 하면서 얼마나 허둥지둥했던가.

휴일에는 대청소 운운하며 어찌나 까다로우신지 숨을 죽이며 눈치작전을 펴기도 했던 7남매. 아버지 슬하에 딸 다섯에 아들 둘을 두었고 그중 내가 장녀였으니 항상 책임을 회피하려고 전전긍긍할 수밖에.

그런 내 마음을 아버지께서 헤아렸을까. 집안에 여자가 몇 명인데 이리 더러우냐고 꾸중하시면서 교양과목을 나름대로 정해놓고 피력하셨다.

'허리는 곧게 펴고 두 무릎을 딱 붙이고 걸어야지, 배 불뚝 내밀고 팔자걸음 걸으면 천박해 보인다. 음식을 먹을 때는 쩝쩝 소리 내면 안 된다. 국수는 젓가락에 돌돌 말아 한입에 쏘옥! 짜장면은 남자 앞에서는 되도록 주문하면 안 된다, 입가에 묻힌 모양새가 보기 흉하더라. 노상에서 먹거리 사 먹는 것이 볼썽사납다.'

다섯 자매 일렬로 세워놓고 스파르타식으로 열변을 토하고 그것도 마음에 안 들면 토끼뜀도 불사했다.

아버지의 충고가 잔소리 같았던 지난날, 지금 생각하면 똑바로 설 수 있는 것도 모두 그 덕분이라고 할 수 있다. 어려운 삶 속에 의지가 강해진 것 또한 그때 받았던 아버지의 훈련 때문이기에 고맙기까지 하다.

그렇게 완벽하고자 했던 아버지는 장대비가 쏟아지는 날 무작정 낚시 가방 둘러메고 여행을 떠나셨다. 행선지조차 말씀 안 하셨어도 어머니도 묻지를 않았다. 그저 역마가 발동했으려니 짐작하셨음인지 묵묵히 인내했고 아버지를 위해 주먹밥을 만들고 낚싯밥을 준비하셨다. 주먹밥은 쇠고기고추장볶음으로 소를 넣었다. 낚싯밥은 깻묵과 실지렁이였다.

억수같이 퍼붓는 빗속에서 낚시를 어찌할 수 있으랴. 모두 염려했지만 다른 한편으론 망태기 가득 붕어를 잡아 올 것이라는 상상 속에 기대감에 부풀어 올랐다.

드디어 상상이 현실로 다가오는 날은 우물가에 옹기종기 모여 앉아 붕어 비늘을 벗기느라 야단법석이었다. 어머니는 마당 한편에 양철 아궁이에 불을 지피고 솥을 걸었다. 매운탕을 끓이기 위한 재료를 다듬어서 수제비까지 띄우면 그날은 진수성찬 부럽지 않다.

얼큰한 붕어 매운탕이 어찌나 맛있던지 지금도 입안에 침이 돈다. 하지만 즐거움은 잠깐이고, 허탕 치는 날도 많았지만 아버지는 아랑곳하지 않으셨다.

비만 오면 연례행사 치르듯이 떠나곤 했는데 아마도 완벽하고자 노력했던 자신이었기에 군중 속의 고독감마저 일게 되었는지. 어쩌면, 당신께서 갈망했던 인연들이 뜻대로 되질 않음에 그 고통을 비를 통해서 씻어내리고 싶으셨나 보다. 아무튼 어떤 힘에 의해 끌려가신 듯했으니 말이다.

그런 아버지셨건만, 이제 불망산천 아득한 길로 가셨기에 마음이 저려 온다. 살아생전 앞마당에 손수 심어놓은 사과나무가 어느덧 자라나 내 키를 훌쩍 넘어버렸지만 아버지를 찾아볼 수조차 없고 불러도 대답 없지만 불현듯 그분의 모습이 투영됨은 아마도 비를 통해서인가 보다.

장대비에 사과나무가 비바람에 흔들릴 때마다 나를 잊지 말아 달라고 애원하는 듯이 보이는 것은 아버지에 대한 그리움이었다면 소낙비는 어머니의 기쁨이셨다. 함지박에 빗물을 받아 빨래하고 머리 감고 차를 끓이기도 하고 밥을 짓기도 했다. 그 당시에 물이 귀한지라 우물물을 식수로 사용하던 까닭에 빗물을 단물처럼 여겼었다.

허나, 지금은 어디 그리할 수 있으랴. 산성비에 머리카락 빠질세라 조심하는 시대에 살고 있지 않은가.

가랑비에 옷 젖을라, 하는 말도 있듯이 비가 오락가락하는 날에는 아낙의 손이 바빠진다. 햇빛 쨍쨍 나는 뒤뜰의 옥양목에 풀 빳빳이 입혀서 다듬이질한 이불 홑청을 빨랫줄에 널면 비가 왔다 갔다 하는 통에 걷었다 널었다 반복하게 됨에 여우한테 홀렸다 해서 여우비라고도 했다.

나야말로 보슬비 오는 날에는 우산을 받쳐 들고 고궁 담 길을 거닐기도 하고, 여고 때는 풋사랑 남자 친구와 거리를 쏘다니다가 레코드 상점에서 흘러나오는 박인수의 봄비 노래에 젖어 들어 한참을 서 있기도 했다.

문학소녀이길 갈망했던 때는 국어 선생님 뒤꽁무니를 졸졸 따라다니며 꾸중도 수없이 들었는데. 지금, 이렇게 추억을 더듬어 회상할 수 있는 것도 비를 퍽 좋아한 때문이 아니겠는가. 비를 통해서 아버지의 삶을 반영해 보는 것 또한 창작에 대한 욕구로 인해 이상과 현실 속에 갈등하는 나를 비추어 보고자 함이 아닐까.

상처

여보! 날래 가라우. 며칠 후면 내가 데리러 갈 테니 조심해서 가라우! 사랑하는 남편의 배웅을 뒤로한 채로 굽이굽이 꼬불꼬불, 어린 피붙이 등에 업고 손잡고 내려온 길. 그 길이 마지막 길이 될 줄이야.

귓전에 맴도는 염려 어린 남편의 음성이 쟁쟁하게 들려 언제나 만나려나. 하루하루 낭군만 생각하고 기다림 속에 백발이 성성하길. 어언 팔십이 넘어 자식들도 불혹에 환갑이 넘도록 자라왔건만. 어찌 만날꺼나!

병석에 누워 가슴에 두 손 모으고 젊은 날 헤어졌던 낭군의 늠름한 모습 그리워하며 오열하던 여인. 그 여인이 바로 내 어머님이신 김선비 여사님이시다.

젊은 날 배꽃 같은 피부에 계란형의 얼굴, 영락없는 미인이신데 유난히 긴 목은 노천명의 사슴을 연상케 했다. 옥색 치마에 샛노란 저고리 동정 깃이 하얗다 못해 푸르게까지 보인 것은 어머님의 뛰어난 미모 때문이었다. 그런 분이 생이별 아픔 속에 살아온 세월이 어찌 물질로 비교할 수 있으랴.

부산 용두산 피란처에서 후암동 해방촌으로, 불광동 독밭골에서 약수동 3층집에 살기까지 얼마나 힘든 날들을 견디어 오셨겠는가.

평양 길음리가 고향이신 어머님, 어릴 적 가정 형편이 어려워 꽃다운 열여섯에 방직공장에 취직했고 그때 아버님을 만나셨다고 한다. 아버님은 평양 시내 한복판에 자동차 부속 상회를 하고 계셨고 방직공장 사장과는 절친한 친구였다고 한다.

아버님은 첫 결혼에 상처하고 피앙세를 구하고자 방직공장에 자주 찾아오셔서 그때 어머님에게 첫눈에 반했다고 했다. 그 당시 풍채가 좋고 한량이던 아버님에게 어머님도 호감이 갔고 부유하기까지 해 친정도 살릴 겸해서 결혼하셨다고 한다.

그런 아버님 사이에서 열한 남매를 낳으셨고 그중 칠 남매만 데리고 1.4 후퇴 때 피란을 나왔다가 수십 년 동안 길이 막힐 줄 몰랐다는 어머님. 풍으로 자리에 누우셨어도 빨리 완쾌되어 북녘에 있는 가족들 만나러 가야 한다고 눈물만 흘리던 어머님이 끝내 이승을 하직하셨다. 오로지 사랑하는 남편만 생각하고 돌부처처럼 젊은 청춘 흘려보내고 이산가족 만날 날만 기대하시더니 하필이면 고 김대중 대통령 취임식에 세상을 하직할 줄이야.

하늘도 원통하신지 어머님 운구가 나가던 날 보슬비가 내렸다. 벽제화장장에서 오열하는 가족들 틈에서 울음을 삼키던 내게 허공에 펼쳐진 환상인지 연꽃 속에 서 계신 어머님이 젊은 여인의 모습으로 한복을 곱게 차려입고 나를 향해 미소 지으며 승천하셨다.

화장해서 통일되는 날. 북녘 고향에 묻어 달라는 마지막 유언대로 용미리 납골당에 모셔두었다.

용문산

갑자기 용문산에 오르고픈 마음이 인다.

어인 일일까. 산보다는 바다를 유난히도 좋아하는 내가 산에 가고픈 마음이 이는 것은 좀처럼 이해하기가 힘들다.

용문산 근처인 가평에서 군 복무를 하는 큰아들아이 때문일까. 허나, 일상에 쫓기다 보니 마음만 앞설 뿐 엄두가 나질 않는데 시간이 갈수록 산에 대한 애착이 강해졌다. 계사생 뱀띠인 나이라 평소에 여의주를 물고 승천하는 용의 형상을 그림에 아마도 용문산을 그리워하는지도 모른다. 용의 꿈틀거림을 의식함에 그곳에 가고픈 마음에서인지 한동안 열병을 앓았다.

축시쯤 되었을까. 악몽에 시달리다가 나도 모르게 자리를 박차고 일어나 앉았다. 식은땀이 등줄기를 타고 흘러내린다. 참으로 끔찍한 꿈이다. 큰아들아이가 두 다리를 몽땅 잘린 채 엉금엉금 기어 오면서 이 모든 것이 내 탓이라고 원망하는 그런 꿈이 아니던가.

평소에 내게 십자가를 들이대면서 '사탄아! 물러가라!' 하고 외치던 큰아들아이가 마음에 걸린 탓일까. 무속으로 아들이 군에 갈 것을 예지했는데 혹시나 하는 불안감에 휩싸인다.(큰 아들아이는 골수염으로 인해 군에 갈 처지가 아니었다.)

꿈자리가 너무나 섬찟해 방구석 한편에 쪼그리고 앉아 흐느낄 수밖에. 나의 흐느낌 탓인지 잠자리를 설친 남편이 자초지종을 물었다. 꿈 이야기를 듣던 남편은 날이 밝으면 아들에게 데리고 갈 터이니 아무 걱정하지 말라면서 나를 위로한다. 남편의 위로로 인해 진정이 된 나는 비로소 잠을 청했다.

이거야말로 웬 조화인가. 눈을 감기가 무섭게 또다시 악몽이 계속되니 말이다. 그곳은 학교 운동장인 듯싶은데 운동장, 벽면에 검은 옷이 걸려 있다. 나는 곧장 그곳으로 다가가 벽면에 걸려 있는 검은 옷을 꺼내어 갈아입었다. 꽃무늬가 화려한

옷은 벗어서 한 손에 들고 걸어가던 중 그만 진탕 길에 떨어지고 말았다.

흙범벅이 된 옷을 집어 들고 운동장 한편의 매점으로 다가갔다. 매점 앞에는 웬 노인 한 분이 주문한 음식을 기다리는 듯싶은데 허리가 꾸부정하니 호호백발이었다. 조금 있으려니 주문한 음식이 나왔고 이 무슨 변고인지 스테인리스 밥주발에 쌀밥이 소복하게 쌓여있었다. 그것도 자그마치 커다란 쟁반에 가득했으니 말이다.

노인은 무표정하니 쟁반을 받아 들었고 바로 그때 나도 모르게 노인의 쟁반을 한 손으로 '탁' 쳤고 그 바람에 밥주발은 땅바닥으로 나뒹굴었다. 당혹감을 감추지 못하는 노인을 뒤로한 채 아무런 죄책감도 느끼지 못한 나는 또 다른 한편 바자회를 열고 있는 곳으로 옮겨갔다. 그곳에 모인 학부모들에게 내 아들 한정훈을 모르냐고 물었다. 그런데 이상한 것은 그곳에 모인 학부모들의 표정이 너무나도 무표정한 것이었다. 안면이 있음에도 불구하고 말이다.

밤사이에 꾼 꿈들이 생생하기에 겁이 덜컥 났다. 남편이 동행한다고 했지만 탐탁지가 않았다. 차에 동승하면 사고가 날 것 같은 위기감 때문에서다.

청량리역은 주말인 탓인지 행락객으로 붐볐다. 경원선 좌석표는 이미 바닥이 났고 입석이라도 감지덕지하는 처지에 등산객 차림을 한 중년 남자 서넛이 다가오더니 일행이 오질 않는다면서 좌석표를 반환하는 게 아닌가. 그것도 용문까지 가는 표였으니 금상첨화다.

이게 웬 떡이냐 싶어 마음속으로 쾌재를 올렸고 기차에 올라 사람들 틈바구니에 끼여 앉았는데 뒤늦게 헐레벌떡 뛰어온 일행이 자리를 바꿔 달라는 게 아닌가. 참으로 이상한 것은 양보하기보다는 그 자리를 고수해야 할 것 같은 마음이 앞서는 것이었다.

오늘만큼은 자리를 양보할 수 없다는 내 말에 실망을 감추지 못한 그들은 언제 그랬냐는 듯이 내게 다가와 김밥이며 음료수를 권했다. 처음에는 사양했으나 시장기를 느낀 탓인지 그들의 성의를 받아들였고 희한하게도 그들의 손금이며 기를 이용해 앞을 보기도 했다.

정확하게 집어내는 탓인지 감탄을 연발하던 그들이 연락처를 물었으나 인연이 있으면 만나리라는 말을 남기고 그들 곁을 떠났다. 뒤조차 돌아보기 싫었으니 무속이라는 부끄러움 때문일까. 아마도 그것만은 아니리라. 생면부지의 그들에게 미주알고주알 한 것이 성격에 맞지 않은 탓이리라.

면회 신청을 해 만난 아들아이가 간밤에 악몽에 시달렸고 용돈마저 궁핍한데 마침 잘 왔노라면서 반가워했다. 그런 아들아이에게 꿈자리가 뒤숭숭하니 조심하라고 일러 주었고 액땜 방지 부적을 손에 쥐여 주었다.

의아해하는 아들아이를 뒤로한 채 그곳을 떠난 지 며칠 후, 큰아들아이는 제대를 하루 앞두고 직속 상관에게 봉변을 당했고 슬기롭게 위기를 모면하는 일이 생겨났는데 꿈 땜을 톡톡히 한 셈이다. 꿈은 앞날을 예지하듯이 아들에 대한 불안감을 알려준 것이고 꿈속에 검은 옷을 입은 것은 교통사고를 미리 방지해 주었는지도 모른다.

이성에 의해 움직였기보다는 무의식적으로 용문으로 향하는 등산객에게 내 기를 나누어 준 것은 액을 막아 주기 위한 행위였으리라. 그러잖고서야 어찌 그리 대담하게 행동을 할 수가 있었겠는가. 비록 산에 오르질 않았어도 내 기가 등산객에게 실려 갔으니 산에 오른 것과 다를 바가 없잖은가.

큰아들아이 근처에 있는 용문산이 내게 관용을 베푼 것이리라. 간접적인 기도나마 그곳에 소원하기에 후에 용문산은 어떤 의미로 내게 다가올 것인지 기대해 보리라.

추억 바라기

　　말똥만 굴러가도 웃음보 터진다는 시절, 까마득한 그 시절에 나는 감정의 기복이 심한 소녀였다. 울다가 웃다가 미친 듯이 반복했으니 말이다.

　　창밖에 낙엽만 흩날려도 눈물을 질금거렸고 낙서장에 온통 마음을 빼앗기면서 혼자 키득거리기도 했다. 공부는 뒷전이고 학교가 파하기 무섭게 안방, 다락방에 처박혀 밤을 지새우곤 했다.

　　아버지의 다락방은 비밀의 화원이었다. 골동품을 비롯해 한국단편문학대계가 수두룩했고 통속적인 소설도 많았는가 하면 야화집도 있었다. 여인들의 나신이 찍힌 사진을 호기심 있

게 바라보다가 그만 아버지에게 들켜서 회초리 세례를 받기도
했지만 나는 다락방에서 꿈을 키워갔다.

닥치는 대로 책을 읽고 유난히도 통속적인 소설에 매료되어
날이 밝은 줄도 모른 채 다락방에 파묻혀서 지내는 바람에 자
연 공부는 뒷전이었으니 늘 꾸중을 듣곤 했다. 날마다 지각은
물론이고 수업시간에는 책상머리에 얼굴을 묻고 코를 골기 일
쑤였다. 그런 학생을 선생님들은 문제아라는 닉네임을 붙여
주었다.

그래도 신기한 것은 점심시간이 돌아오면 친구들이 내게 우
르르 달려와서는 귀를 기울인다. 그럴 때마다 신명이 난 나는
밤새도록 읽은 통속 소설의 줄거리를 들려주는 것이다. 야한
소설에 대한 야릇한 호기심이 발동한 덕분에 친구들은 나를
일컬어 문학소녀라고 칭했다.

비가 오는 날에는 우산을 가방 안에 쑤셔 박고서는 그냥 비
를 맞은 채 걷곤 했다. 교복이 온통 빗물에 젖어 생쥐 모양을
하고 집에 돌아오면 어머니 왈, "너는 남자가 돼야 할걸! 잘못
바뀌었나 보다."라고 한탄하셨다.

그도 그럴 것이 집 안에 있는 골동품을 연신 엿으로 바꾸어 먹기도 하고 마루 밑에 놓인 아버지의 고무신을 꺼내어 강냉이와 바꾸기도 했다. 심지어는 동생의 탐스러운 머리카락을 가위로 싹둑 잘라서 머리카락을 사러 다니는 아주머니에게 팔기도 했다.

그렇게 받은 돈으로 알사탕을 사서 동생과 나누어 먹으면 어찌나 꿀맛이던지. 지금도 그때의 달콤함이 잊을 수 없어 입안에 침이 고인다. 알사탕 유혹에 빠진 동생 역시 낄낄대면서 신이 났었는데 입안에 단맛이 사라질 즈음에는 자신의 머리가 송충이가 파먹은 듯하다면서 거울을 들여다보고 대성통곡했다.

아하! 알사탕이 녹아내리지 않았다면 괜찮았을 텐데. 나는 당황하고 말았는데 그때 하필 어머니에게 현장을 들키는 바람에 동생의 머리카락이 자랄 때까지 혼쭐이 났다. 왜 그리 머리카락이 안 자라는지. 화가 치밀어 오른 어머니가 동생을 대신해서 내 머리카락을 잘라냈으니 말이다.

그토록 말썽꾸러기였던 내가 소녀적 순정은 있었나 보다. 글도 잘 쓰고 음악에 미술을 하는 소년을 알게 되어 은근히 흠

모했으니 소년의 일거수일투족이 좋기만 했다. 창백한 얼굴이며 고뇌하는 눈망울에 나오는 동갑내기임에도 불구하고 음악 감상실을 드나들고 한 손에 담배를 꼬나문 것조차 멋지게 보았으니 헛것이 제대로 씐 것이리라.

비를 좋아하는 소년 역시 거리를 쏘다니다가 나와 마주치면 우산을 받쳐주기도 하고 처마 밑에서 떨어지는 낙숫물에 혀끝을 적시기도 했다. 하지만 점차 소년은 야위어갔고 내가 다가서면 저만큼 멀어져갔다. 후에 들은 바로는 소년의 집이 파산되어 엎친 데 덮친 격으로 아버지마저 결핵으로 세상을 떠났다고 한다.

소년은 진학 문제로 인해 이별을 통보했다. 어쩌면 운동화 뒤축 꺾어 신고 머리는 풀어헤치고 껌을 씹으면서 갈지자 걸음을 걷는 내가 미웠는지도 몰랐다. 그때는 그게 유행이었다.

지금 그는 훌륭한 화백으로서 작품 활동에 여념이 없다. 나 또한 그에게 질세라 원고지와 씨름하게 되었으니 소년을 향한 연정이 황순원의 소나기에 나오는 주인공에 대한 사랑으로 글 쓰는 작업을 하게 되었나 보다.

그 옛날 빛바랜 추억들이 이리도 생생하게 기억나는 것은 이제 내 나이 칠십고개 바라보면서 추억을 곱씹게 된 것이리라. 역시 추억은 아름다움에 비록 부족하고 모가 난 시절이었더라도 각인되어 성찰하고 깨닫고 다시금 미래의 추억을 만들기 위함이 아니던가.

인생은 추억 바라기가 아닐까.

차혜숙 수필집
나비와 코끼리

인쇄 | 2021년 8월 25일
발행 | 2021년 8월 30일

글쓴이 | 차혜숙
펴낸이 | 장호병
펴낸곳 | 북랜드
　　　　06252 서울 강남구 강남대로 320, 황화빌딩 1108호
　　　　41965 대구시 중구 명륜로12길 64(남산동)
　　　　대표전화 (02)732-4574, (053)252-9114
　　　　팩시밀리 (02)734-4574, (053)252-9334
　　　　등록일 | 1999년 11월 11일
　　　　등록번호 | 제13-615호
　　　　홈페이지 | www.bookland.co.kr
　　　　이-메일 | bookland@hanmail.net

책임편집 | 김인옥
교　　　열 | 전은경 배성숙

ISBN 978-89-7787-052-9 03810
ISBN 978-89-7787-053-6 05810 (E-book)

값 12,000원